彼女たちがやったこと

唯野未歩子

筑摩書房

彼女たちがやったこと——目次

彼女たちがやったこと

プロローグ——家出

家出した十二歳の娘が行きそうな場所は、みな探した。

たしかに一昨日の晩、娘とはケンカしていた。娘の言い分と自分の言い分は、まったく相容れず、話はどんどん横滑りして、へんにエキサイトしてしまったのだ。

だが、今朝、娘はふだん通り眠っていた。小学校の卒業式を終え、春休みになったとたん、娘の生活は著しく不規則になり、それが揉《も》めごとのきっかけだった。いつまでもフトンにくるまっている娘にイラつきながらも、半ば許し、食事代にと千円札をコタツの卓上に置いて、勤めにでたのが午前十時半。遅番のシフトだったので、帰宅は午後九時半。しかしアパートはもぬけの殻だった。台所の流しに「家出します」と置き手紙がある。娘には携帯電話をもたせていない。こんなときに身をよせる友人の連絡先も見当がつかない。警察に届けるのは恐ろしく、また時期尚早にも思え、とにかく駆けずりまわった。コンビニ、ファストフード店、ファミレス。駅前ロータリー、カラオケボックス、ゲームセンター。娘はどこにもいない。しかたなく自宅に戻って待っていたが、深夜になっても帰らない。パニックを起こしたまま、夜明けを迎え、早朝六時。

太田紀子《おおたのりこ》は十二年ぶりの相手に電話をかけた。

「……娘がそっちに行っていない？」紀子は震える声を絞りだした。

「……娘……？」困惑もあらわに彼女はつぶやいた。

「いなくなったの」

沈黙が続いたので、向こうは絶句しているのだと、紀子にもわかった。

電話の相手である佐々木詩織《ささきしおり》は、元親友だ。もう二度と会うことはないと思っていたのに。親友の存在を娘に話したことはなかったが、すがれるのは彼女しかいなかった。

「……あのこと、娘は知っているの？」詩織が訊《き》いた。

「まさか」紀子は即答した。

あのことを知っているのは、この世で、自分と親友ふたりきりだ。犯罪かと問われたら、紀子は違うと答えられる。罪かと問われても、絶対に違う。

ただ、当時、親友を裏切った。ゆえに絶縁となったのだから。

「母親失格ね」詩織は嘲笑《あざわら》った。「でも、そうなることはわかっていたじゃない」

「……どういう意味……？」

「あなたもおなじこと、私にしたでしょう？」

「………」

「いい気味」

今度は紀子が絶句させられる番だった。詩織とは、明朝、都内のファミレスで再会する約束をした。電話を切った直後、詩織のセリフを頭の中で繰り返しているうちに、ゆうべから恐慌をきたしていた脳内は整理され、いまなにをするべきか、やっと照準が定まってくる。ジワジワと身内に熱量をかんじた。自分でもわけのわからない情動が奔流のように溢れてくる。

紀子はむかしから、ひとりきりでは生きていけない女だった。

発端——高橋紀子

1

高橋紀子（旧姓・太田）は、一九六×年、C県で生まれた。生後まもなく両親が離婚して、紀子は母親に引きとられた。母は当時二十五歳、都内のデパート地下にある総菜屋で職を得た。世の中の景気は上向きだったので、母の実家があるC県にいても職は余るほどあったが、母にとっては『日本一の大手デパート勤務』という肩書きが、仕事内容よりもずっと重要だった。また母は祖母と仲が悪かった。祖母が新興宗教にハマっていて、母をしつこく勧誘していたからだ。母はそれを毛嫌いしていて、母娘は東京のS区に移り住んだ。

移り住んださきは高級住宅地だった。競馬場とパチンコ屋と居酒屋だらけのC県とは全然違う。区の大半はお屋敷や高級マンションで、下町情緒に溢れた商店街があり、街外れには川と畑がある。その畑のそばに紀子の住むアパートはあった。

紀子の母は化粧を欠かさないタイプの女だった。近所のスーパーに行くときにも、口紅をこってりと塗りたくり、細い眉を弓なりに描く。露出過剰気味な服装を好み、カツカツとハイヒールを鳴らしては、小一時間かけて電車通勤していた。

紀子は保育園時代、よそのオバさんたちから「紀子ちゃんのお母さんは水商売をしているらしい」と噂されていた。母は同性からの批判など気にもとめない質《たち》だったから、噂を知っても「女手ひとつで子どもを育ててるっていうと、すぐそういう発想をする。朝七時からやってるスナックがどこにあるっていうのよ。女はこれだからバカにされるの。自立からはほど遠いわね」とせせら笑った。母の口癖を借りるなら「毎日アタシは一流客を相手にしているのだから、ご近所づきあいなんか、どうでもいいわけ」「隣のバアさんは、うちのデパートの総菜目当てに、紀子の面倒をみてくれているの。貴重な食糧源ってこと。あんたも勘違いしちゃダメよ」「貧乏人と一緒にいたら、こっちまで卑しくなるし、いい暮らししか知らないヤツラと接していると、こっちまでバカになる」といった具合だった。ほかには「全身ブランド品尽くめの客だって、自分の家では、アタシがこしらえた惣菜を食べているのよ。材料費なんかいくらもかからないっていうのに、グラム何百円もする蟹クリームコロッケだとか、鯖《さば》の味噌煮だとか、肉じゃがだとかを、常連ともなればほぼ毎日、ほら、いま紀子が食べてるのとおんなじモノを食べているんだから」というのもあった。母は誰のことも見下しているきらいがあった。

たとえば毛皮が欲しい、宝石も欲しい、ゆたかに暮らしたい――紀子には「リッチにみられたい」というふうにしか見受けられなかったが――と、母の心中は、その手のことでいっぱいだった。あとから思えば、ずいぶんと夢見がちだったのだろう。母はいつか王子さまがあらわれて自分を連れ去ってくれると信じているようだった。では、もし、母が連れ去られたら、幼い紀子はどうなるのか？　母とともに連れ去られる？　どこかの施設に入れられる？　C県の祖父母の元にやられてしまう？　でも問題はなかった。そんな心配をしなくていいくらい、母の願望は非現実的だったからだ。

気の毒なことに、母のやることは、ちぐはぐだった。頻繁に「女性の自立」という言葉を口にしても、根っこのところでは「色気」や「女らしさ」という媚《び》態《たい》の習性に囚われてもいて、結局「女性は自立すべきだが、女らしさや色気を忘れてはならない」という難しい要求を、自らに課していた。だが、一九七〇年代の女性はみな似たりよったりだったことだろう。専業主婦であっても自立心をもつべきだ。働く女性にも男性とおなじだけの権利を。一生女としてみられたい。いや、女であるまえにひとりの人間だ……。多かれ少なかれ矛盾を抱えていたであろうし、ましてや紀子の母のように「出産するやいなや夫に蒸発され、急《きゅう》遽《きょ》、自立せざるをえなくなった女の身」としては、うまく考えをまとめられなかったとしても、しかたがなかった。

母は「こんなしみったれた暮らし」と蔑《さげす》んでいたが、紀子の子ども時代の、現実の暮らし向きは、世でいうところの『下の上』だった。

学校の給食費も払って貰えたし、少なくとも食生活は悪くなかった（母が売れ残った総菜をもって帰ってきたからだ）。バレエやピアノは習えなかったが、修学旅行はいかせて貰えた。ふだんはアパートの隣室に住むおばあさんが親切にしてくれた。放課後や日曜日は、紀子を自宅に招き入れ、母の帰りを待たせてくれた。おばあさんは江上ミサ子という名で、クリスチャンだった。日曜日は紀子を教会へ連れていき、年に一度のバザーも手伝わせてくれた。膝が悪くて右足を少し引きずり、餡《あん》パンのような丸顔で、ぽちゃぽちゃと太っていた。慈愛と奉仕の精神に充ちたそのおばあさんを、紀子は好きだった。

可もなく、不可もない。なんの取り柄もない少女。
それが紀子という娘だったが、思春期における自意識というものは、驚くほど潔癖なものだ。不可もないことは、けして「可」にはならず「不可」とみなす。「可がないこと」に囚われた劣等感のかたまりだった。

しかし実際は、容姿ひとつとっても、紀子はごく平均的だった——ようするに、紀子の目は、眉毛の下にふたつあった。鼻はひとつで、口もひとつ。唇は上下に開く機能を備えていたが、開いたり閉じたりしたところで、なんの感慨ももたらさない。瞼《まぶた》はどっちつかずの奥二重で、前歯はやや重なりあっている。若干エラが張っていて、額は不恰好な三角形。でもそれらは髪型でカバーできるので、いずれも致命傷ではなかった。新米のつやめきを思わせる肌は、色白ではあるがきめが粗い。中肉中背、ブラのカップはAサイズ。勉強は苦手、趣味はなし。ユーモアのセンスもなく、地味な性格だったが、紀子にはつきたての餅のような気立てのよさがあった——とはいえ、真に善良というのではなく、卑屈にならないのは思考が短絡的だから。口下手なので悪口をうまく言えないから。女友だちに八つ当たりされたり、愚痴や陰口を聞かされたり、鬱憤《うっぷん》の捌《は》け口にされるのは、いつも紀子の役目だったが、紀子は他人の悪意、攻撃には「気がつかないふり」をしてやりすごし、その気弱さは、ときに粘り強さとして誤解されるところがあった。

紀子の唯一の誇りは、親友の存在だった。

詩織というその親友は美少女だった。理想的な顔立ち、小柄で華奢《きゃしゃ》、成績優秀。裕福な家庭に生まれ、進歩的な両親と可愛い弟がいた。聡明で、勝気で、茶目っ気があり、リーダーシップもとれるが、空気も読める。クラスの人気者だった。

そんな彼女が自分を親友に選んだという事実。紀子を助けてくれるのは、いつでも詩織だ。紀子は姫に仕える騎士のような一途さで、詩織のしあわせを切に願っていた。

十三歳で出会って、十四歳で親友となり、ふたりきりでグループを脱した。縁を切るまでの約二十年間、紀子は詩織さえいればよかった。恋愛、セックス、結婚に関しては、みんながしているから自分も済ませておきたい儀式にすぎず、実のところ、どうでもよかった。男なんて、いったい、なにがいいのだろう。粗野で、身勝手で、毛深くて。男性経験がなくても、詩織以上に自分を認めてくれるひとはいないと、紀子にはわかっていた。

紀子は高校卒業後すぐに働いた。オープンしたての駅ビル内にある総菜屋だ。アルバイト勤務で、担当は揚げ物だった。世の中はさらに好景気で、正社員になるよりも時給換算されるアルバイトのほうが得な時代だった。

しかし母は紀子を格下とみなした——自分は一流デパートの正社員なのに、娘は駅ビルのアルバイト勤務、自分は全総菜を任されていたが、娘が任されたのは揚げ物のみ。母の失望はあきらかだったが、紀子はとりあわず、ひとり暮らしをはじめた。勤務先の駅ビルがある街にコーポをみつけ、保証人は母に頼んだ。保証人になる代わりにと、母は仕送りを催促したが、紀子は「今度ね」「次には」と先延ばしした。むろん支払うつもりはなかった。

紀子は母を蔑んでいたし、母は紀子をバカにしていた。母娘の背格好はそっくりで、中身のほうも似たモノ同士。ひとの何倍も憧れが強く、自分より格上のものを同等とみなす。それでいて臆病な面もあり、衝突を恐れ、自己主張できない。流されやすく、場当たり的な性分だったが、紀子は母のように生きたくないと思っていた。

くだらない夢はみない。コツコツ働いて、努力もしないが、向上心ももたない。より保守的な生き方を選んだのだ。

保守本流の生き方を選んだ以上、結婚という行為は、ある種必要不可欠だった。紀子は二十歳のとき、高橋浩二という男と出会った。浩二もまた紀子とおなじく「可もなく、不可もない、手頃な相手」だった。と、当時の紀子にはそうかんじられていたが、端《はた》からみれば、浩二という男は「不可」の徴《しるし》のほうが数多く、むしろ「可」はよく目を凝らしてみないとみつけられない、だらしない男だった。だが、紀子の目は曇っていた。冷静さも欠いていた。これまでになく流された。紀子の初恋だった。

淡い恋心だったものが、確信に変わったのは、浩二とつきあいはじめて半年ほど経った頃だったか。紀子が浩二に傾倒したきっかけも、やはり詩織だった。

紀子が詩織に浩二を紹介したときのことだ。紀子は喫茶店でお茶でもしようと考えていたのだが、どうせなら食事にしましょうと詩織が言って、紀子がそれを伝えると、浩二は露骨に嫌がった。「金がない」「時間がない」「着ていく服がない」文句ばかり言って抵抗する浩二に、紀子は安物のシャツを買ってやり、渋々承知させた。

なんとか浩二を連れだせたものの、その日、紀子はうろたえていた。都心のきらびやかな雰囲気、詩織が予約した高級焼肉店、恋人と親友というプレッシャーのかかる組み合わせ。紀子にはすべてが異例の事態だった。詩織は紀子を気遣って、接待係のように肉やビールを注文し、紀子にも浩二にも等しく話題をふった。だが、浩二はろくに詩織をみようともしない。唇をへの字にひん曲げて、詩織に話しかけられても首をひねるか、顎をしゃくるか、そっぽを向くか。黙々と肉を焼きながら、終始、浩二は紀子を挟んで間接的に会話した。紀子はといえば、内心、浩二を恥じていた。ふだんはさほど気にならないのに、こうして詩織と同席すると、浩二の育ちが悪いこと、教養がないことも、箸の上げ下ろしや、咀嚼《そしゃく》の仕方、仕草のひとつひとつから透けてみえる。幼児のような協調性のなさも、紀子には不快にかんじられていた。詩織はでも気分を害したりしなかった。食事代と帰りのタクシー代は、いつものように詩織が支払ってくれた。会計を済ませている詩織と、詩織のバッグやコートを携えて待つ紀子を横目に、浩二は早々に店を出て、おもてでタバコを吸っていた。お礼も言わず、別れ際、チッと道路に唾を吐く。俺たちは別に肉なんか食いたくなかったんだぜ。そう吐き捨てたも同然な仕草でタクシーに乗りこんだ姿をみて、さすがの紀子も浩二に腹を立てた。数日間、紀子は口を利かなかった。すると浩二は言い放った。

「あの女とは、もう会うな。俺らとは住む世界が違うだろ」と。

むろん紀子は詩織との友情を死守した。恋人の無礼は紀子のほうから謝って、気難し屋の浩二ではなく、利口な詩織に理解を求めた。一方で、浩二のその傍若無人《ぼうじゃくぶじん》さ、それこそが紀子の胸をしたたかに打っていた。紀子にとって無二の親友、たったひとつの誇れるモノ、詩織という美女に、浩二は見向きもしなかったのだ。詩織にさえも媚《こ》びない男。美醜にこだわらない独自の価値観。詩織より紀子のほうがいいと言ってくれる稀有な存在。つまり運命の相手であると、紀子は信じこんだのだった。

結婚したのは、それから五年後。すでに同棲していたので、紀子の母にだけ、入籍の報告をしにいった。案の定、浩二を母は一蹴した。「せっかく育てあげた娘なのに、こんな男に吸いとられるなんて、アタシは認めないからね」と。母からすれば「浩二という男の甲斐性《かいしょう》のなさ」は、「娘がこの男と一緒になる以上、自分が仕送りを受けるという道は、今後いっさい絶たれること」を意味していたのだろう。苦々しげな母を目にすると、それは予定外の感情だったが、紀子の抱く母への復讐心はひそかに満足していた。

しかし、その頃の紀子はまだ年に一、二度は実家に帰っていた。母も浩二も互いに軽んじあっていたので、紀子ひとりで母のアパートに泊まった。

主婦になってから一度、紀子は「お母さんは孫を早く作れって言わないよね。孫、欲しくないの？」と母に訊ねたことがある。

「子どもなんか産んでもいいことないわよ」母は即答し、慌てて付け加えた。「あんた。ちょっと、やだ。アタシは孫の面倒なんかみたくないからね」

と、このとき、紀子は二十代後半だった。詩織にしか打ち明けたことはなかったが、不妊に悩んでいた。どんなに子どもが欲しくても、みんながみんな産めるわけじゃない。紀子は母に相談したかったが、こんな状態では言えるはずもなかった。

その後、母は再婚した。相手はドラッグストアの店長だ。顔色からしてそうとわかるほど肝臓が悪く、リッチではなかったし、ポロシャツの襟を立てていた。チェーン店の雇われだったが、まがりなりにも『店長』だという点が、決め手となったようだった。その男と母はみるからに猥《わい》褻《せつ》だった。男が小指を立ててお冷やのグラスを揺らし、もう片方の掌を母の腿の上に置けば、母は笑いながら男の掌をピシャリと打って、小指を立てて自分のストローについた口紅を拭いとる。ふたりがいれば、ランチタイムのファミレスも、たちまち場末のカラオケスナックと化した。そういった意味ではベストカップルだと、紀子は思った。ふたりはS県に移り住むことになり、それきり母娘は疎遠となった。

ここ数年、浩二は清掃事務所で働いていた。浩二いわく「早朝出勤だけど帰りも早いし、臭いには慣れた。控え室にはシャワーもあって、意外と効率がいい」のだそうで、勤続二年目にしてドライバーを任され、まじめにやってこられていた。

にもかかわらず、結婚八年目にして、無職となった。前日の酒が抜けきらないまま出勤してしまい、クビになったと言うのだった。

解雇された理由に納得がいかないらしく、浩二は帰宅後もしばらく「なんなんだよ、バカやろう。こぉんなの、まぁだまだ、酔ったうちに入らないだろぉが」とクダを巻いていたが、傍目《はため》にはへべれけだった。浩二が言い訳するように、ほんとうに前日の酒が抜けきらなかったのか、出勤前に一杯かましていったのかすら、実のところ疑わしい。紀子は三十三歳だった。いまだに駅ビルの総菜屋で働いていた。調理の腕を認められ——といっても揚げ物専任だったが、正社員にして貰っていたおかげで、夫婦はなんとか生活できていた。

出会ってからの十三年間、浩二は職を転々としてきた。ピザのデリバリー、スーパーの倉庫整理、二十四時間営業の牛丼屋、ガソリンスタンド、コンビニ店員、ビルの警備員、その他いろいろ……。いずれも時給のよい早朝深夜に勤務し、日雇いもいくつかやったが、三年以上続いた職はなかった。

浩二はG県の出身で、高校卒業後、上京した。専門学校で簿記を勉強していた。二十歳の頃だ。夏の夜、浩二は友人たちと路上にたまっていた。ナンパ目的で駅ビルのシャッターが降りた一角にたむろし、そこは紀子にとって通勤路だった。浩二はモテるほうではなかったが、毎晩やけにジロジロみてくる女がいる。友人たちからは「あの女、絶対、浩二に気があるぜ」とひやかされた。それが紀子だった。好みのタイプではなかったが、ノリで声をかけたら、呆気なくセックスできた。なりゆきから同棲し、アルバイトに明け暮れた。簿記の資格は取れず、ほかにやりたいこともみつからなかったが、入籍だけはしておいた。食いぶちと寝床とセックスの相手を確保するだけの理由で。浩二はむしろ「俺はそこそこやれている」と考えていた。「アルバイトでも食える世の中である以上、自分はなにも縛られず、社会的責任を負うこともない。それに独り身でなければ安泰だ。自分の身になにかあっても、責任は、妻の紀子がとってくれるのだから」と。浩二には思いもよらなかったのだ。この高度成長期がストップする——バブル経済が崩壊するなんて。浩二の読みに反して、世の中は不景気になっていった。アルバイトじたいが減っていき、仮に職があったとしても、時給が悪く、条件も悪い。浩二は荒《すさ》んだ。清掃事務所で働きながらも酒に逃避し、怒りはすべて紀子へぶつけるようになっていた。

無職になってから、浩二は朝昼晩と酒を呑んだ。主に安物のウィスキー、ワンカップの日本酒も。１ＬＤＫの狭いコーポの、テレビ前を陣取って。食事はほぼとらない。浩二の内臓はすこぶる丈夫だった。酒を呑んで、機嫌がいいと、浩二は愚痴った。「世の中クソッタレだ」「みんなわかってねえ」「俺だってやればできるんだ」と。そういうときの紀子はただ相槌を打てばいい。でも大概の場合、機嫌は悪かった。紀子がちょっと物音をたてただけで、なにかが飛んでくる——テレビのリモコン、呑みさしのグラス、吸い殻のたまった灰皿。手当りしだいに投げつけられたそれらは紀子の胴に命中した。酒をやめて、なんでもいいから働いて欲しい。そう願っていても、とても口にはできなかった。話をしようとすると、浩二が激昂したからだ。

「おまえと一緒にいなければ、俺はうまいこと就職してたんだ！」「俺だって、正社員になってくれって言われたのは一度や二度じゃねえんだぞ！」「ぜんぶテメエのせいだろうがぁ?! なめんじゃねえぞコラ!!」

わめきちらし、胸ぐらをつかむ。逃れようとして突っぱねると、浩二は勢いづく。「ぶッ殺すぞ」「やんのかテメエ」と凄まれて、紀子は壁に投げ飛ばされ、床にうずくまる。うずくまったところを蹴られてから、また胸ぐらをつかまれる。立ちあがらされて一発、頬を平手打ちされる。紀子は部屋の端まで吹っ飛ぶが、壁にぶつかった反動で、振り子のように戻ってくる。そこで、もう一発、反対の頬を平手打ち。さらに一発、まだ一発。何発か続いたあと、浩二は泣いた。泣かれると「かわいそうに」と紀子は思った。ごめん、ごめんなさい、わたしが悪いの、と。

「わたしのせいだね」と、紀子は言った。

その段になると、涙が噴きだす。暴力をふるわれているときには、なぜだか泣けない。怒りはもとより、恐怖心や怯えもなく、ただ息をするのが苦しい――誰もが無意識でやっている「吸って吐く」という単純作業を失念したかのように「吸って吸って吸って吸って」しまうのに、ここまでくると一気に感情がほとばしった。

「いいんだ」と、浩二はいっそう激しく泣きじゃくった。酒臭い息を吐いて紀子を抱きしめる。紀子はともに陶酔した。愛の高まりをかんじつつも、浩二の臭い息にたいする嘔吐の欲求だけは否めず、自分の不実さを罪深くかんじるほどだった……。

それが当時の一セットだ。そのあと浩二は深く寝入った。腐臭のするヨダレを垂らし、盛大にいびきをかいて。翌朝にはすべて忘れ去った。

紀子はというと、一睡もできない。愛に酔っていた心は醒めて、両頬はパンパンに赤く膨れあがっていた。痛みは常にあとからきた。頬は骨からじんじんと痛み、キツく腫れあがる。耳は聞ここにくくなり、蹴られた太腿やつかまれた二の腕は、赤いまだら模様の痣《あざ》になった。浩二の手首がヒットしたのか、頬骨に青痣ができることもあった。唇には引っ掻き傷ができて血が滲み、白目は真っ赤に充血した。頻度の問題なのだろうが、浩二は右利きだったので、紀子の左の白目は回復しきる暇もなく、常時、茶色く濁ったようなかんじになっていた。

2

そんな暮らしが半年続いた。最初に暴力をふるわれたのは、なにが発端だったのか。紀子はもう憶えていない。思い出そうとしても記憶がこんがらかっている。だが、なにであれ紀子のせいだったのだろう。なにもかも、浩二の言う通り。

浩二のほかに「これって高橋さんのせいでしょ」と断じる人物は、もうひとりいた。同僚の小《こ》谷茜《たにあかね》だ。小谷は二十代前半のパート勤務だった。ピラピラした生地のミニスカートを穿き、茶色く染めた長い髪を巻いていて、甲高い声でよくしゃべる。若くして離婚歴があり、幼い子どももいた。紀子は教育係だった。調理中は、小谷のおしゃべりの聞き役に徹していた。それが、いつからだろう。みくびられるようになっていた。小谷が釣り銭を間違えても紀子のせい、調理を失敗しても紀子のせい、自分のシフトを間違えて書きこんでしまっても、小谷に言わせると「紀子のせい」になっていた。

また、小谷は週に二度は遅刻した。そういうとき、小谷は紀子の携帯電話に「ウチのタイムカード押しといてくださぁい」と留守電を吹きこんできた。紀子がタイムカードを押すのが一分でも遅れると「今日のアレ、なんで遅れてるんですかぁ？　ウチらパートは一分遅れると十五分も時給がカットされちゃうんですよ？　コレって高橋さんのせいですよね？　お詫びになにしてくれるんですか？」と迫ってくる。本来なら逆だ。正社員である紀子が、パート勤務の小谷にたいして注意をうながし、他人がタイムカードを押すのは規則違反だと通告する立場にある。しかし紀子は「そう……そうね。ごめんなさい。じゃあ、お詫びに今日は……この鶏肉、内緒でもって帰っていいよ」と答えてしまう。ときには高級ドレッシング、新品のサラダオイル、社員特別優待割引券と、お詫びの品は変わったが、小谷は「ウチが損をさせられたのだから、社員さんが穴埋めするのは、ごくあたりまえのことだ」と考えているようだった。

そんな小谷が、自分の娘を連れてきたのは、今日の午後三時すぎのことだ。娘は五歳、名前は希羅梨《きらり》。都合がつかず預け先がないのだと、小谷は言った。

「でさ、この子、夜までみててもらえる？」

小谷は早番で十五分前にあがったばかりだった。ふだんよりも念入りに化粧直しをしたのか、唇をグロスでテカテカにてからせ、下品というよりほかにないような私服に着替えていた。女の子は、つんつるてんの短パンとTシャツを着ている。Tシャツは緑色が褪《あ》せて黄色になっていた。

「キラリはさぁ、あそこで、じーっとしててね。そんで店が終わったら、このオバちゃんと一緒にいて。飯もちゃんと食わせてもらってよ」

紀子のいる総菜屋のガラスケースに身を乗りだし、めいっぱい首を伸ばせば、かろうじて覗けなくはない休憩ベンチを指差して、小谷は笑顔をみせる。

「あ。そうだ。高橋さん。わかってると思うけど、なんかあったら高橋さんのせいだからね」ヘラヘラと続けた。小谷は女の子を残し、小走りに去っていった。

紀子はポカンとしてしまった。よその子どもを連れ帰るなんて、できるわけがない。自宅には浩二がいるのだから。小谷の住所を調べて（探せばどこかに履歴書があるはずだ）この子を自宅へ送っていくか、児童相談所に電話したほうがいいのか。しかし女の子はスタスタ歩きだした。ちらほらとみえる客足を縫って、迷子よりもよほどしっかりとした足取りで、小谷の指定した休憩ベンチまで行くと、ドサッと腰掛けた。体操選手のようにM字開脚し、背もたれにだらりともたれかかる。肩まであるザンバラ髪をひとつかみ、唇の端にくわえて、チュウチュウとしゃぶりはじめた。


女の子は六時間ものあいだ、休憩ベンチで紀子を待っていた。紀子が通常通り勤務を終え、しかたなく女の子に近づくと、アンモニアの臭気がツンと鼻をつく。小谷の言いつけを守って「じーっとしていた」せいで、トイレにも行かず、お漏《も》らししてしまったのか。女の子はボウッと自分の膝小僧をみつめていた。紀子は女の子を立ち上がらせ、汚れたベンチを雑巾で拭いた。小谷に電話をかけたが、携帯電話は電源が切られている。宙に視線を放りだし、なにも言おうとしない女の子をみていると、妙な情が湧いてきてしまう。紀子は女の子を連れ帰ることにした。

女の子とともに紀子が帰宅すると、浩二は酔眼でこちらをみた。自分がみているものを疑うかのように、片目を細める。小鼻をピクピクひくつかせ、神経質なまばたきを何度かして、キッチンに立つ紀子をにらみつけた。

「……なんだソレ?」

「同僚のお子さんを預かってくれって頼まれちゃって……」びくびくと紀子は答えた。

「……ハア?」

「……ごめんなさい」

「……わかんねえよ?」

「ごめんね。しずかにしてるから」

紀子はショルダーバッグも降ろさずに、急いでキッチンテーブルの椅子をだし、女の子を座らせた。グラスにペットボトルのお茶を注ぎ、総菜屋からもち帰った高菜のおにぎりと鶏の唐揚げを皿にあける。女の子は空腹だったのか、唐揚げを手づかみし、猿のようにがっついた。浩二は遠目からそれをみていた。むかし、浩二は子ども好きだった。紀子よりもずっと本気で子どもを欲しがっていたのだ。いまにして思えば詭弁《きべん》だったのかもしれないが、二十代の浩二が描いた青写真は「俺たちに子どもがいれば、俺は定職についてバリバリ働く。紀子は総菜屋なんか辞めちまって、ウチでのんびり赤ん坊の世話でもしてればいいさ」というものだった。

「くっせえな」しかし浩二は吐き捨てた。

「ガキは嫌いだって、俺は前に言っただろうが?」

「……そうだよね」

「くっせえし、きったねえし、うるっせえし、バカだし、マジでウゼエし」

「……わかってる」

それも、たしかに、むかしから浩二の言っていたことだった。自分の子どもなら可愛いに決まっているが、他人の子どもには興味ももてない。子どもとみれば「カワイイ、カワイイ」とペットのようにもてはやすのは、偽善かもしくは変態だ。そんなことくらい経験がなくても自明の理だと、浩二は豪語していた。

「ソレ、捨ててこいよ」浩二がつぶやく。紀子が返事に窮していると、

「オバちゃん、もっと」動物のまなこで女の子は言った。めいっぱい目を見開き、半ば紀子を威圧するかのように、声はハッキリと大きかった。

「ああ、ごめんね。これはもうないのよ。なにか食べるもの、あったかな……」と紀子が冷蔵庫を開けたときだ。ドスドスドスドス。床を踏みならすような足音が聞こえ、ふり返ると背後に浩二が立っていた。

「消えろ」

浩二は拳をふりあげた。紀子はかたく目をつむった。ガン、と、眉毛の上に衝撃が走る。左目が燃えるように熱い。とっさに紀子は女の子に駆けよった。ふだんなら、このまま浩二のされるがままになっているのに。最近の浩二はいつもこうだ。凄《すご》むことも、罵《ののし》ることもせず、いきなり拳で殴りつけてくる。肋骨《ろっこつ》にヒビが入るほど殴られたことも、失禁するまで首を絞められたこともあった。たとえよその子どもであっても、こんな陰惨な場面はみせたくない。紀子はかばうよ

うに女の子を抱きよせた。ところが女の子は微動だにしていなかった。あとから考えると『五歳の子ども』だ。ふつうならキャーッと悲鳴をあげたり、グスグス泣きだしていても、おかしくない状況だった。こういった光景に慣れているのか動こうとしない女の子を背負って、紀子はおもてへ逃げだした。

　夜の住宅街を、走って、走って、走って、もうダメだ、これ以上は走れない、と立ち止まる。ぜいぜいと息をあげて、しばし耳を澄ましたが、靴音はしない。浩二はあとを追ってはこなかった。児童公園まで歩き、背負っていた女の子を降ろした。紀子の背中はぐっしょりと汗をかいていた。左瞼はひどく重たく、額と眼球が熱を帯びている。まばたきをするたび激痛に襲われ、鏡をみなくとも、また腫れてきているのがわかった。開きづらい目を凝らし、なんとか焦点をあわせて、女の子をみると、白い街灯に照らされた表情はとろんとしていた。ぽかぽかと湿った小さな手で紀子の腰にまとわりついてくる。

　子どもはふしぎだ。こんな最低な痴話喧嘩《ちわげんか》をみた直後でも、こんなに安らかな顔をして、たやすく眠たくなっちゃうなんてね。

　思わず、紀子はほほ笑んだ。やわらかな気持ちに包まれたとたん、左目の激痛がかすかに和らぐ。ブランコに腰掛けて、女の子を膝に乗せる。急に走ったせいで筋肉が張っていたが、脚を曲げたり伸ばしたりし、ゆらゆらと揺らした。

　わたしに子どもさえいれば……。

　紀子は思った。わたしたちに子どもはできなかった。不妊治療には高額な費用がかかるので、紀子と浩二のどちらに原因があるのか、確認したことはない。養子縁組も少し調べたことがあったが、養親の審査が厳しい——夫婦の婚姻期間、年齢と健康状態、夫婦の所得、住宅環境、愛情や熱意の有無、虐待の可能性まで調査されるので、人並み以下の夫婦——低所得の紀子と無職の浩二には、とても無理な話だった。それに浩二は自分の子どもが欲しいのだ。他人のじゃなく。でも、いま、もし子どもさえいれば……。と、その考えは、紀子にとって、なにかの糸口をみつけたかのようにかんじられていた。

ショルダーバッグから携帯電話をとりだし、小谷に電話をかけてみる。またも電源は切られたまま。時刻は午後十一時。女の子は寝息をたてていた。起きているときには、あんなにみすぼらしかったのに、眠っていると天使のようだ。だが、ここで一晩こうしているわけにはいかなかった。明日も自分は午前八時三十分に出勤しなければならないし、自宅に戻れば浩二にまた殴られる。どこかに泊まれたらいいのだろうが、財布には七百円しか入っておらず、ＡＴＭに行ったところで給料日前の預金通帳はスッカラカンだ。助けて……。お願い、助けて……。念じると同時に、紀子は詩織に電話をかけていた。

誓い——佐々木詩織

1

「わたし、わかったの。子どもさえいれば浩二から逃げられる、って」

と、開口いちばんに紀子は言った。深夜の公園で見知らぬ女の子を抱きかかえ、青タンで半分ふさがった目を、詩織のほうへまっすぐに向けて。

「そっか。わかった。それで、その『子ども』って、この子のこと?」

あえて軽い調子で、詩織は訊ねた。子どもさえいれば暴力夫と別れられる……。紀子がおかしな言い方をしていることには引っかかったが、こういうとき、相手が女なら反論しないのが応急処置としては適切だ。だって女は否定されることに慣れないのだから。ママをみていてもそう。姑《しゅうとめ》もおんなじ。自分も含めて、たぶん生涯そうなのだろう。紀子は詩織の言うことなら、どんなことでも肯定するが、それは詩織が紀子を否定しないからだ——実際の紀子は、少女時代から現在に至るまで、なにからなにまで否定要素だらけの、ツイテない女だったし、だからこそ誰かに肯定されると過剰反応し、簡単に言いくるめられてしまう弱さがある。でもそれは紀子という人間の資質のせいではない。女だからだと詩織は考えていた。

詩織は紀子の言葉を待ったが、紀子はなにも話してこなかった。みあげると頭上がほのあかるい。三日月は櫛切《くしぎ》りのオレンジのかたち。草木の香りは昼間より濃くたちあがり、微風が首筋をするすると撫でていく。夏の終わりは一年のうちでもっとも素敵だ。とりわけ夜が——自由で、孤独で、刹那的で。詩織は紀子を目でうながして、女の子をベンチに寝かせ、羽織ってきたシルクのショールをかけてやる。どちらからともなく、詩織と紀子は街灯の下に立った。

「あーあ。やっぱ、だめだったか」うつむきながら詩織は言った。

「……な、なにが……?」紀子がはっと息を飲んだ。

「みて、ほら」金色のミュールの片方を脱いで、詩織は爪先をぴんと伸ばし、街灯に照らしてみせる。「紀子から電話があったときね、私、ペディキュア塗ってたの。これ新色。ふふふ。いい色でしょ? でね、緊急事態発令だったから、乾くまで待っていられないじゃん? でもこのミュールなら爪先が開いてるから靴を履いても乾くかなあ、なんて思ったんだけど、タクシーつかまえるとき焦っちゃって、ついダッシュかけちゃったんだよね。でね、やっぱ、みて。ぐにょーってなっちゃった」粘土のようにかたまった臙脂《えんじ》色のペディキュアが、かたちのよい爪の表面に、ぐねぐねと立体的に偏《かたよ》っていた。詩織はそれを手の指でつつき、くすくすと笑った。

「ほんと、うわあ。やだ、汚っ」鼻にシワをよせて、紀子もつられて笑いだす。たいして面白いエピソードでもなかったが、ひとしきり笑いあったあと、ようやく紀子は自分を取り戻したのか、ここまでの流れを説明してくれた。

なるほどね、と、詩織は思う。だったら答えは明白だ。「いまから、小谷さんってひとに電話して。一回や二回、相手がでなかったからって、やめなくても大丈夫。電源が切られてても、それは留守番電話にはならないの？　なるよね？　留守電になったら『あなたの娘が大火傷をして重傷です、この公園にいますぐきてください、さもなければ警察にいきます』って言うの。はきはきと大きな声でね」

「え？　大火傷なんかしてないじゃない？」紀子は驚いたような、半ば薄暗さもかんじさせる笑みを浮かべた。「それに『警察にいきます』っていうのも唐突だし」

「紀子はさ、留守電にしゃべるのが嫌なんでしょ？」

「……え、うん、まあ……」

「いまはそんなこと嫌がってる場合じゃないと思うけど？」

「……まあ、そうなんだけど……」

「そうならいいでしょ？」

「えー……」

「早く、早く、早く」

「えー。そんな……」困り果てた挙げ句、紀子は苦笑した。「まあ、でも……うん。わかった」

携帯電話をかけると、おそらく留守番電話になったのだろう。たどたどしい口調でメッセージを録音した。これでいい？　たしかめるように紀子が詩織をみる。

「おどおどしたかんじがリアルだったよ」詩織がからかうと、紀子ははにかんだ。

ふたりでベンチの端に腰掛ける。女の子はすやすや眠っていて、紀子は考えこんでいた。詩織は自分の携帯電話をチェックした。よかった、大丈夫。息子たちは姑と眠っているし、夫は地方へ出張中だ。万が一にも息子たちに異変があれば、どうせ姑がすさまじい剣幕で、詩織の携帯電話に連絡してくるはずだった。三十分ほど待ったあと、公園の入口にタクシーが停まり、女がひとり、こちらへ向かって駆けてくる。あれがこの子の母親の小谷だと紀子は言った。

「高橋さん、キラリの慰謝料、払って貰えるんでしょうね?!」紀子に向かって、小谷は怒鳴りつけた。その声で女の子がむくりと起きあがる。詩織がタクシーをみやると、後部座席には男がひとり乗っているようだった。

「慰謝料って……なんで、わたしが……?」紀子は怯《ひる》んだ。

「ママー」弱々しい声で女の子は呼んだ。

「キラリ!」小谷はベンチに駆けよって——まっさきに慰謝料の話をしておきながら「なにをいまさら」と詩織は鼻白《はなじろ》んだが、女の子を抱きしめた。小谷は女の子の身体を点検した。腕、脚、腹、そして顔。なにごともなかったことをみとめると、

「ママ、おもらししちゃったの、ゴメンナサイ、ゴメンナサイ、ゴメンナサイ」女の子は半べそをかいた。小谷はしかめつらになり、女の子をドンと突き放した。

「高橋ィ、これ、どういうことだよ?」小谷が紀子のほうへと歩みよる。紀子は数歩、あとずさった。詩織はふたりのあいだに割って入った。

「こういうことは、もうやめてください。次にその子を押しつけたら警察に届けます。あなたの携帯電話番号をそのお子さんに貼りつけて、交番の前までは責任をもってお連れいたします。おわかりでしょうけれど、私たちはそうしても罪には問われないんです。非常識なのは、あなたのほうなんですからね」きっとママならこう言うだろうなとイメージしながら、礼儀正しくかつ冷ややかに、詩織は言った。

「なんだコイツ?! ザケんじゃねえヨ!!」小谷は詩織に食ってかかった。

「私は高橋紀子の親友です。あなたこそ、こんなことしてて大丈夫? そこにいる男に逃げられちゃうわよ」詩織は少し笑ってみせた。

逆上していた小谷は、ふっと自分の後方をみた。小谷は詩織をにらみつけて、女の子の腕を乱暴につかみ、停車中のタクシーめがけて駆けだした。走り去っていくタクシーをみながら、詩織はへんに感心していた。こういうのって、ほんとうにあるのね、と。小谷はいかにも小物然としていた。自分本位で、無計画で、恐ろしくおバカさんで。去り際の小谷が「ちっ。おまえ、次は憶えてろよ!」とでも言いそうだったことを思い出すと、なんだか笑えた。

「あーあ。すっきりしたあ」詩織は紀子をみた。

「うん。実はわたしも」なぜだか少し照れたようすで紀子は言った。

「これで帰るの、ちょっと惜しいね」

「うん。もうちょっとだけ、いい?」

ふたりはまたベンチに腰掛けた。風に潮の香りが混じっている。明日は雨になるのかもしれない。夜の空気を、詩織は胸いっぱいに吸いこんだ。紀子に呼びだされでもしなければ、良妻賢母である詩織は——ただしあくまで表向きはだ、内実はお飾りにすぎないのだが、夕方以降は出歩くチャンスがない。開放感に見舞われて、詩織は背筋をしゃんと伸ばす。

「うーん」と思いきり両腕をあげた瞬間、

「キャッ」紀子が身を縮こまらせる。

紀子はその場にしゃがんで、うずくまった。自分の両腕で顔をきつく挟みこみ、墜落してくるなにかから頭をかばうかのようにおおって、がたがたと大きく震えだした。

「……大丈夫……？」詩織は紀子の肩に触れようと手を伸ばした。

「イヤアアッ」紀子は飛び退き、詩織を拒絶した。両腕でさらに頭を抱えこみ、詩織に背を向けて「ウーッ、ウーッ、ウーッ」とうなり声をあげている。

紀子とは長いつきあいだったが、こんなふうになりはじめたのは、ここ半年だ。いまのは「紀子の隣で、詩織の両腕があげられたこと」が原因だろうか。飛ぶ鳥の陰が横切ったときと、子どものカラーボールが飛んできたときにも、たしか似たようなかんじになった。通りをいくサイレンの音や、ウェイトレスがなにかを割った音、ホームに電車が乗り入れる音など、比較的やかましい日常音がしたときも、紀子は悲鳴をあげて、耳をふさぎ、うずくまってしまう。紀子とは週に一度の頻度で会っていた。呼びだされるのは、いつも詩織だ。大概、昼間で街中だった。会うたびに紀子は生傷が絶えず、日に日にそれはエスカレートしていたし、精神も病んできているようにみえていた。しかし紀子は口下手なので状況がつかめない。待ち合わせ場所に、いまにも死にそうな顔であらわれては「うん。まあ、これは浩二がね……でも、わたしがダメなんだ……ごめんね、わたしのせいなの……」などと言われても、詩織には手の施しようがなく、当の紀子以上に憤りが蓄積していくのが自分でわかった。傷ついた紀子を抱きしめてあげたかったが、そうさせては貰えない。代わりに詩織は自分に言い聞かせた。大丈夫、大丈夫、大丈夫、と。そうやっていれば、まるで諸悪の根源が溶けてなくなるかのように。

「ねえ、紀子……私はここにいるね」うずくまる紀子の背に、詩織はささやいた。

2

佐々木詩織(旧姓・藤原)は、一九六×年、S区で生まれた。父は建築家で、母は二十一歳。当時はまだ珍しかった北欧風の一軒家は、父が設計したもので、内装は母が手がけた——母はのちにインテリアデザイナーとなった。生クリームみたいな漆喰《しっくい》の白壁、チョコレート色の玄関ドア、屋根はまるでシナモンクッキー。その家で、詩織は蝶よ花よと愛《め》でられた。近所には母の姉一家——母とおなじくらい美人の伯母、大学教授の伯父と、いとこが住んでいた。ふたり兄弟の、上のいとこは頼りがいがあり、下のいとこはやさしかった。二家族は週末毎に集合し、末っ子同然に詩織は育った。六年後には弟が生まれた。弟は父に似ていた。筋肉質なところと男らしい性格が。みんなの愛玩動物——賢くて忠実な大型犬のように、詩織にはみえていた。詩織は母を「ママ」と呼び、母娘はとても仲がよかった。ママは美的センスに優れていて、魔法の手をもっている。ワンピース、おやつのマフィン、ビーズの髪留め、なんでも手作りしてくれた。パパはむろん愛妻家で、申し分のない幼少期だった。

また、詩織はしょっちゅう芸能界にスカウトされた。モデル、女優、アイドル……。犬が電信柱におしっこを引っかける頻度で、都心に出れば声をかけられる。芸能事務所のマネージャーに校門で待ちぶせされることもあったし、どうやって調べたのか家まで押しかけてくることもあった。しかし詩織はいっさい興味を示さなかった。実は三歳のとき、一度だけ、CM出演したことがあったからだ。撮影じたいは記憶にないのだが、ママいわく「あんな非人間的なこと、詩織には二度とやらせない。子どもは自分の意志ひとつで泣いたり笑ったりするべきなの。大人の都合に従わせるなんて絶対に間違っているわ」だそうで、ママが怒り狂っていたのを、詩織はうっすら憶えていた。

詩織に負けず劣らず、ママもたいした美人だったが、ふだんは飾りたてることを好まず、長い髪はざっくりと鉛筆でまとめていた。性格は自立心旺盛で恐いもの知らず。仕事をはじめてからは収入も多く、急に「どうしても来週のプレゼンに必要だから」という理由で『世にも美しい一脚の椅子』を求めてパリへ行ってしまうこともあった。そうやって芸術と家族を愛する一方で、ママは女としても魅力的だった。ときにはオードリー・ヘプバーンのように可憐で、ときにはジャンヌ・ダルクのように勇敢、ブリジッド・バルドー並みの色気を醸《かも》すときもあるが、必要とあらば大和撫子《やまとなでしこ》のようにもふるまえる。

「女の子はどんなものにもなれる生き物で、では、どのようにふるまうべきか、それは自分の意志ひとつなのよ」とママは言った。ママは詩織のお手本だった。

だから、女の子にとって大事なことは、すべてママから教わった。大人になっても忘れちゃいけない重要な教えは「あなたみたいに美しい子は、ひとりで生きていくのは難しいかもしれない。あなたは護られて生きるべきだわ。誰かがしっかりそばにいて、生涯護ってくれるそのひとに、自分の人生を尽くしなさい」というものだった。潜めた声で、注釈もついていた。「だからといって、これは『女の子全般』に当てはまることじゃない。詩織にしか通用しない。そのくらい……あなたは特別なの」と。

小学校時代の詩織は、なんでも軽くこなせた——勉強も体育も美術も優秀で、いつでも機嫌のよい子どもとしてふるまえたし、担任の先生からは贔屓《ひいき》されたが、たったひとつ、うまくいかないことがあった。生まれもった詩織の受難。それは女友だちとのやりとりだった。ママの教えとおんなじだ。妬《ねた》み、やっかみ、嫉《そね》み。詩織がそれまでもったことのない、まがまがしい感情が、自分以外の女の子にはあった。

それでも、詩織が悲惨なイジメにあわずに済んだのは「自分を護ってくれる誰か」をみつけたからだ。こぞって友だちになりたがる女の子のうちから、ひとりを選んだ。

小学生のときは、遠野美幸ちゃんだった。美幸ちゃんは果物屋の娘で、クラスで三番目に可愛い女の子だった。泣きぼくろがあって、怪談話がじょうずで、社会科が得意、面倒見もよかった。

交換日記もしたし、おそろいのポシェットも作った。グループにはほかにも女の子が三人いたが、互いに「私たちは親友だ」と公言していた。あとから考えてみれば、美幸ちゃんは、詩織には利用価値があるとわかっていたのだろう。すでに詩織は女の子たちからは羨望の眼差しでみられていた。美幸ちゃんはことさらに「詩織との仲のよさ」をアピールし、人気投票で学級委員長になった。美幸ちゃんはボスの座に君臨し、詩織はそこに添えられたマスコットだった。たしかに護ってはもらえたが、美幸ちゃんは曲者《くせもの》でもあった。詩織は六年生のスキー教室でハブにされたのだ。美幸ちゃんの初恋だった男の子が「詩織を好きだ」といったせいで。三泊四日ものあいだ、雪山のロッジに閉じこめられ、詩織はひとりきりでリフトに乗り、ゲレンデを滑り、暖炉にあたった。こんな思いはこりごりだった。私にはやはり護衛が必要だ。今度は絶対に裏切らない誰かをみつけなければ。窓の向こうの吹雪を眺めながら、詩織は決意した。

そして紀子と出会った。紀子は護衛にうってつけだった。可愛くなくて、気が利かなくて、面白くもなくて、男の子に興味がなくて、意地悪されていることにも気がつかず、いつも誰かの手を煩わせている——びっくりするくらいのグズだった。その点も、ママの教えにある「相手に尽くしなさい」という条件にかなっていた。

詩織と紀子はおなじグループになり、急速に親しくなった。詩織ははじめから計画していた。タイミングをみて紀子とグループを脱しようと。

グループを脱する直前の、中学二年にならんとしている三月の終わりだった。春休みになって、詩織の家に紀子が泊まりにきていた。その頃、紀子は何泊もしていった。ふたりでおしゃべりしたり、トランプ占いしたり、ティーン誌をめくったり。お菓子を焼くことも、バドミントンをすることも、レンタルビデオでホラー映画を観ることもあった。詩織にとって、紀子は計算ずくの「友だち＝護衛」だったが、案外、相性は悪くなかった。なんとなく憂鬱で気分が乗らないときに、詩織が八つ当たりしてしまっても、紀子はぜんぜん気がつかない。紀子もまた、他人の助けがないとままならず、詩織がいないと生きていけない。こうまで誰かに必要とされることに新鮮な喜びを覚えていた。

春休み最後の日、詩織の部屋で、ふたりは誓いをたてることにした。家族みんなが就寝した頃合いを見計らい、タオルケットを蹴りあげる。ミント色のカーテンを開けて、レモンの香りのキャンドルを灯し、おもてでは銀色の雨が降っていた。パジャマを脱いで、下着も脱いで、髪をとかす。窓際に置いた勉強机に、紀子が持参した聖書を載せて、そこに互いの掌を重ねあう。ふたりは裸で向かいあった。詩織は自分の容姿には自信があるので、これっぽっちも恥ずかしくなかった。でも紀子は泣きだしそうな顔をしていた。窓のそばに立った紀子の頬、小さな乳房、どっしり脂肪の載った腹部の上に、雨垂れのしずくの陰が、とぎれとぎれの筋になって流れた。いくつも、いくつも。涙の跡のように。まるで全身で泣いているみたいだと、詩織は思った。勉強机のそばに立った詩織の肌は、キャンドルの炎のぬくもりに包まれている。ゆらめく金色の輝きに祝福されている自分をかんじた。

「きれい……」詩織をみつめて、紀子は涙ぐみ、詩織はほほ笑んだ。

詩織の目論見として、今夜は自分の美しさをみせつけて、紀子を制圧してやるつもりだった。漠然とではあるが、詩織は「自分の裸体」には、他人を言いなりにできるある種の能力が備わっていることに、薄々気がついていた。予想通り、紀子は見惚れたが、はっと我に返り、重ねあっていないほうの手で、聖書のページをめくった。紀子の聖書はぼろぼろで、そのぶん味わい深くもある。裏表紙には、かすれかけた達筆な字で、江上ミサ子と書いてあった。あるページを開くと、紀子は息を吸った。

「ひとが　その友のために　命を捨てるという、これよりも大きな愛は　誰ももっていません。と、イエスは言われました」真剣な表情で読みあげる。

「……え、どういう意味？」よくわからなくて詩織は訊ねた。

「そっか、ごめん。あのね、イエスっていうのは神のこと。神なんだけど、使徒を友と呼んでくれる、ちょっと面白い宗教なの。その神は使徒のために命を捨ててくれた。これは神の愛が示されているっていうことなんだって。詩織はわたしの神さまだから。ね？　わたしたちにピッタリでしょ？」紀子は上目遣いになった。

でも詩織にはぴんとこない。詩織のイメージしていた親友とは違う気がしたが、では、どんな関わりなら正しくかんじられるのか。神と呼ばれても嬉しくないのは、損な役回りに思えるからか。相手を思うがままに動かすはずが、自分の身を丸ごと捧げているような気分になり、詩織は戸惑った。が、詩織の迷いを断ち切るかのように、紀子は言った。

「わたしは、誓える」その声は、誓えるという部分でかすかに震えていた。

「誓う。私も」躊躇する気持ちを押し隠し、半ば反射的に詩織も答えた。

そうして、ふたりの『親友の誓い』は完了した。詩織は深く考えるのをやめにした。まあ、いっか。明日から楽になれる。ほっとしながら、ベッドに潜りこむと、紀子が抱きついた。紀子はいつもくっつきたがる。身体に触られるのは気持ち悪いが、今夜は特別に許すことにした。紀子に撫でられていると、詩織は眠りに誘われた。翌朝は一緒に登校し「私たち、グループを抜けるね」と詩織が言った。紀子は隣で黙っていたが、晴れ晴れとした顔をしていた。これで裏切りと常に隣りあわせの「きれいでやさしくて人気者の詩織」をやめられる。詩織はやっと自由の身になれたのだった。

中学・高校を紀子とともにすごし、紀子はフリーターになったが、詩織は大学に進学した。専攻は国文科。サークルには入らず、アルバイトもしなかった。パパからクレジットカードを貰っていたからだ。一ヶ月のお小遣いは十万円までと決まっていて、なにに使っても問われない。大学では、数人の男の子たちが護衛してくれたので、女友だちもいらない。詩織には紀子という親友ひとりがいればよかった。

詩織は大学の女の子たちを警戒していた。だが、彼女らも自分とおなじく大人になっていたようで、しだいに友だちができていった。

大学代表の水泳選手で「がはは」と大口を開けて笑う中村雅代、猥談《わいだん》が好きだけど根は純情な関西弁の浜中みずえ、アメリカ留学という夢がある長谷川祥子。どこぞの令嬢らしいのに、なぜかミーハーな一匹狼の堀明美《あけみ》。

彼女らと、キャンパスでばったり会えば、お茶を飲んだり、ランチもした。大学生活はとりとめがなく、ラムネ菓子のような薄甘さですぎていった。

そんなときだ。佐々木徹と出会ったのは。浜中みずえの紹介だった。みずえは合コンで酔っぱらい「ほんまにほんま、あんなチョコーンとしたきれーな顔でもウチらとおんなじウンコするんかいなあ、ってくらい、もっすごい美人なんよ」と話したら、男の子たちに「会わせろ!」と言われてしまったのだそうだ。誘ってきたわりには、なんだか連れていきたくなさそうに「ほんまにな、嫌やったら断っていいんねんで?」と、みずえは何度も言っていたが、詩織は参加することにした。居酒屋に集まり、男女が世間話をする。コンパはイメージしていた以上につまらなかったが、徹もおんなじ気持ちだった、僕も人数合わせで参加させられただけで、ああいう場にはめったなことでは行かないんだと、それはあとから聞いた話だった。

徹は地主の息子だった。都内の一等地にある自宅のほかに、マンションとビル、貸店舗もいくつかもっている。それらは、ひいおじいちゃまの代から受け継がれてきているそうだった。ひとりっ子らしいマイペースさと、育ちのよさをかんじさせる他人との距離感。清潔で、淡白で、ものしずかで。でもなぜだかすごく堂々としていて。詩織の家も裕福だったが「格違いのお金持ち」というのが印象に残っていた。

詩織と徹は恋人になった。徹から「結婚を前提につきあって欲しい」と告白されて、品行方正なデートを重ねた。表参道をお散歩、代官山でイタリアン、横浜へドライブ。紳士的なキスと、妙に心細くなるペッティング。貿易センタービルからみる真夜中の東京タワーは、とんでもなくさみしげで、痛々しいくらいまばゆく、そして自由だった。

一歳上の徹は、まもなく商社に就職した。結婚を急いだのは、徹の父親が末期癌だったからだ。父は当時五十八歳で、国税局に勤めていた。母は四十六歳の専業主婦だった。徹は「親父が亡くなる前に、僕らの晴れ姿をみせてやりたいから」と言った。詩織は二十一歳だった。ママは「詩織はまだ若いのよ。もう少しようすをみたら？」と心配し、パパは「あんな玉の輿《こし》はそうそうつかまらないぞ」と薦め、弟は「姉さんの好きなようにしたら？　ボクはすぐに出戻ってくるほうに百万円賭けてもいいけどね」と茶化した。紀子には話しても、機嫌が悪くなるだけだった。いわく「詩織が結婚しても、わたしは詩織に裏切られたなんて思わない。もういいの。詩織のために、わたし決めたの」だそうで、なんのアドバイスにもならなかった。そもそも詩織には働く意欲はまるでなかった。徹のことが好きだったし、徹の父も嫌いじゃない。だが、徹の母が苦手だった。母もたぶん詩織を気に入ってはいなかった。徹がプロポーズするタイミングが一年遅かったら――もし父が亡くなったあとだったら、詩織と徹は、その母の手によって引き裂かれていただろうと、いまでも思う。

しかし徹は頑として、詩織との結婚を推し進めた。詩織の二十二歳の誕生日が挙式の予定日だったが、徹の父の健康状態にあわせ、二ヶ月早めた。八月の終わりの、結婚式は盛大だった。義父は車椅子と酸素チューブを携え、義母は豪華なお着物で、ママはシャンソン歌手みたいな黒いドレス姿、パパはチャップリンみたいな燕尾服、弟は演歌歌手と見紛うようなラメのスーツを着ていた。詩織はお色直しを三回した。一度目は純白のウェディングドレス、二度目は角隠《つのかく》し、三度目は白薔薇をふんだんにあしらったミニドレス。紀子は式にはでられなかった。紀子には友人代表のスピーチをして欲しかったし、ブーケトスもしたかったのに。「その日はシフトを代わって貰えなくって……。駅ビルって日曜日はトイレにも行けないくらい忙しいの……わたしって、ほんとうにダメだね。詩織……ごめんね」と紀子は何度も謝った。

その後、半年足らずで舅《しゅうと》が亡くなった。詩織の新婚生活は、大学卒業とともに、姑と同居するところからスタートした。長男を産んだのは詩織が二十三歳のとき、次男を産んだのは二十六歳のときだ。出産を境に、あらたな受難がはじまっていた。

3

舅は戦中派だったが、姑は戦後生まれだった。まだ十代だった姑は銀座の食堂で働いていて、すでに成功を収めていた舅に見初められ、詩織とおなじ二十三歳で徹を産んだのだという。姑の語る自分史は、まるで『シンデレラのハッピーエンド』以降のお話を聞かされているみたいだと詩織は思った。めでたしめでたし、の続きには、立派なお屋敷、お手伝いさん、贅沢な暮らし、玉のような男児の出産、息子の難関校入学、やがてエリートサラリーマンとなり、親孝行のきわみのような息子の結婚式、夫の死去、多額の遺産相続……。姑の物語からすれば詩織は邪魔者だった。姑からみると、詩織はただ美しいだけの幼い女。詩織からみると、姑はまだまだ「おばあちゃん」になるには若すぎる女だ。この家に女がふたり、どちらがより『シンデレラ』つまり主演女優にふさわしいのか。争点はおそらくそこにあった

詩織が長男の裕樹《ひろき》を産んで、生後一年が経ち、授乳期も終わりかけていた頃だ。

「詩織ちゃんはきれいなだけが取り柄なんだから、子育てなんかしなくていいのよ」と姑は言った。詩織には、なにを指摘されているのかわからなかった。穏便な口調ではあるけれど、直観として「これは嫌味なのだろう」ということ以外は。

それでいて思い当たることがないわけでもなかった。嫁いでからというもの、詩織はまともに家事をやっていなかったのだ。掃除は三日に一度、業者にやらせる。洗濯物は下着以外すべてクリーニングにだす。食事の支度は一応するが、高級デパートの総菜や出前、外食も多かった。とはいえ、この家の、もともとの習慣にならったことではあった。これが実は姑の気に障《さわ》っていたのかもしれない。そう思って詩織は返した。

「ありがとうございます。でも大丈夫です。これからは家事もやりますね。子育てもちゃんとします。私とっても楽しみなんです。裕樹には、うちのママみたいにたくさん手作りしてあげたいし、自由にのびのび育ててあげたいなって」

「そういう意味じゃないのよねぇ」しかし姑は苦笑した。「詩織ちゃんと違って、私には徹を育てた経験があります。詩織ちゃんもそろそろ、お乳を終わらせたらどう？　子離れしてもいいんじゃないかしら。あなたは徹のためにエステでも行って、体型が崩れたりしないように、自分の

取り柄を磨いてちょうだいね」

「……エステなんか一度も行ったことがないんですけど……」

「あなたもわからないひとねえ。エステだけじゃなく、お買い物なり、お稽古事なり、好きなようにしていいのよ。お金は気にしないでちょうだい。徹にはなにも言わなくていいわ。私が支払いますから。そうそう。お友だちに聞いて、実はもうエステを予約しておいたのよ。スポーツジムと着付け教室にも行くといいわ。そうだ、徹とふたりでお食事でもしてきたら？　裕樹は任せてちょうだい。私がみていますからね」

「……でもまだ、おっぱいがありますし……」

「産みの親より育ての親って言うでしょう。裕樹が詩織ちゃんみたいに育ったらどうするの？　私が恥ずかしい思いをするのよ。まずは、お乳離れをさせなくちゃね。来週から裕樹は私の部屋で寝かせましょう」

　それを聞いて、詩織は言葉を失った。これが、姑のたんなる気まぐれなら明日にはなかったことになるだろう――また違う嫌味を言われるかもしれないにせよ。でも大丈夫。きっと大丈夫。大丈夫でありますようにと、祈るような気持ちで姑をうかがった。だが、姑は本気だった。通告通り、自室にベビーベッドを運び入れ、おっぱい恋しさに泣きわめく裕樹を奪い去って、詩織から隔離した。詩織の乳房はかちんこちんに張りつめた。行き場をなくしたお乳は、惨めなほどだらだら垂れる。しゅっと噴出し、下着を濡らす。乳房は熱を帯び、猛烈に痛んだ。高熱で夜も眠れない。せつなくて涙も止まらない。気も狂わんばかりだった。

裕樹のお乳離れが済むと、姑は本格的に奪いにかかった。朝昼晩と裕樹を独占し、かたときもそばを離れない。エステやお稽古事の予定を勝手に入れて、詩織はおもてへ追いだされる。そのまに姑は裕樹を公園や買い物に連れ歩いた。自分のことは「お母ちゃま」と呼ばせ、詩織のことは「詩織ちゃん」と呼ばせる。裕樹がはじめてしゃべった言葉は「かーちゃま」で、それは姑から聞かされた。裕樹がはじめて歩いた瞬間、はじめて転んだ瞬間も、詩織はみることができなかった。しかし姑の子育ては、母親代わりというよりは、おばあちゃんそのものだった。裕樹は甘やかすだけ甘やかされ、泣きだすと放っておかれた。その隙に詩織が裕樹に近よろうものなら、詩織が説教されてしまう。詩織が叱られているのをみると、裕樹はなぜだか——まるで詩織に味方するかのように、ひとりでに泣きやむのだった。

私はもう『嫁——女へんに家と書く立場』になったのだから、長男はこの家——姑に譲るしかない。こんなおかしな考えは、ママが知ったら絶対に異議を唱えただろうが、ひとたびママやパパから「徹さんと別れて戻ってきなさい」と言われてしまえば、詩織の心はたやすく折れる。離婚すれば、裕樹と離ればなれになってしまう。それこそ姑の思うつぼだと、詩織はママにも相談せず、なんとか自分を納得させた。一人目の子は姑にあげてもかまわないが、二人目の子はそうはさせない。ひそかに闘志を燃やしつつ、詩織は次男を産んだ。長男とは三歳差だった。次男は詩織に似て、美男子だった——裕樹は徹に似ていたし、もっと言えば姑にもよく似ていた——三人とも、だんごっ鼻で体型はずんぐりむっくり、性格はものしずかにみえて利己的だった。この美しい息子は、今度こそ私の子として育てる。この子は絶対に渡さない。詩織は決意した。

ところが、産後の詩織を待ち受けていたのは、裕樹の小学校受験だった。三歳になった裕樹は幼稚園に入園し、同時に幼児教室にも通うことになった。つまり受験対策のスタートだ。お受験には「母親」が必須であり、小学校の面接で重要視されるのは、子よりも親の態度である。合格するためには、詩織もいちから礼儀作法を学ばなければならず、裕樹とふたりでとり組まざるをえなかった。幼児教室にいた何人かのママ友と交流するうち知っていったのは、いまどきは、よその姑も似たようなものだということだった。「うちはお姑さんが『おばあちゃん』って呼ばれるのを嫌がって、孫には『グランマ』って呼ばせてるの」とか「うちの姑なんか、自分を『ゆうこさん』って、名前で呼ばせたがっちゃって」とか。そんな話を聞くと、詩織は少し慰められた。

裕樹のお受験は詩織が受け持つことになり、次男の雅樹《まさき》もまた、お乳離れを理由に生後一年で姑の手に渡ってしまった。

裕樹と雅樹は、見事、難関小学校に入学した。息子たちは姑になついていたが、そもそも女の子とはまったく違う。別種の生き物だった。

裕樹が好きなのは車や電車で、機械とみれば、なんでも解体してしまう。雅樹は虫をいじめる遊びに夢中になっていた。また、詩織は知らなかった。男の子という生き物の、母親もしくは母親代わりの存在を求める季節が、こうまで短かったとは。就学したとたん息子たちの親離れははじまった。近づけばするりと逃げられるし、触られるのもひどく嫌がり、おもてを歩くときは手も繋《つな》がせて貰えない。気がつけば、息子たちは「母親代わりの姑」とも一定の距離を置くようになっていた。彼らからすれば、詩織など「とんでもなく冷たい母親——自分の美貌を維持することと、小学校受験にしか関心がない。愛情の欠片《かけら》もない女」だったことだろう。そうなってくると、詩織にはいよいよ、息子たちがモンスターじみてかんじられた。姑がまともに躾《しつ》けなかったせいで、息子たちは乱暴な子になった。無鉄砲で恐がりなくせにすぐキレる。それでいて外面《そとづら》だけはすこぶるよかった。みてみぬふりが得意なところ、他人に無関心なところ、なんでも姑の言うなりになってしまうところは、徹から受け継がれた遺伝子に違いなかった。

詩織は孤独だった。不自由で、ふしあわせだった。傍目《はため》には『シンデレラのハッピーエンド以降』の人生にみえていたとしても。でも誰にも話さなかった。ママはもとより紀子にさえも。プライドが許さなかったし、弱点をさらすのが不得手だったから。自分はこの家の、子どもを産む機械にすぎなかったのだと割り切るしかなかった。

4

紀子から電話があったのは、小谷さんとやらをやっつけた五日後だった。水曜日の午前九時。今日は駅ビルが休みらしく、午前十一時に待ち合わせた。

このまえ深夜に紀子と会ったのは八月の終わりだったが、いまは九月だ。やっと夏休みが終わってくれた。裕樹は十歳、雅樹は七歳。夏のあいだじゅう、裕樹は部屋に閉じこもり、毎日ゲームばかりしていた。雅樹は朝から夕方まで帰ってこない。友だちと遊んでいるようだった。ここのところ、兄弟はますます仲が悪くなった。性質は水と油だからしかたがないのだろうが、顔をあわせると喧嘩になる。ふたりとも口を開けば、なにか食べさせろと言うか、お小遣いを欲しがるかの、どちらかだった。姑は五十六歳で相変わらず元気だったが、夏休みには自分の出番が少なくなるので、ふさぎこんだり、いらいらしていた。そんな家族の誰もに、詩織は閉口させられていた。だが、学校がはじまってしまえば元通りだ。息子たちは学校と塾と宿題に追いまくられるし、姑は塾やお稽古事の送り迎えで忙しくなり、詩織にも時間ができるというわけだった。

詩織はゆっくりシャワーを浴びて、黄色の麻のシャツにスキニーパンツをあわせた。リビングで新聞を読んでいる姑に一声かける。

「お母ちゃま、私、紀子とランチに行ってきます。彼女また悩んでるみたいで、夕飯はいらないです。帰りは遅くなりそうだから」

「ああ、そう」新聞から顔を上げずに、姑は言った。

「裕樹の塾のお迎えと、雅樹のピアノの送り迎え、いいですか？」

「今日は水曜日でしょ。裕樹の塾は夜九時までよ。誰か迎えに行かなくちゃ危ないじゃない。裕樹にはお弁当がいる日だし、雅樹はピアノじゃないわよ。スイミングと塾の日だって、何回言ったら覚えるつもり？」

「あれ？　そうでしたっけ。じゃあ、それで」

「……詩織ちゃんはお気楽ね。ふらふら遊んでばっかりいて」

姑はお礼やお詫びのひとつも述べて貰いたがっているのだろうが、詩織はそのまま玄関へ向かう。お母ちゃまは残念ね、あなたのオモチャ――私の息子たちに捨てられちゃいそうで。胸のうちで嘲笑って、おもてへ出た。

タクシーに乗って、窓の外をみる。ポプラ並木がざわざわと揺れて、葉裏の白がきらめいている。ランチはビストロを予約していた。蟹のキッシュと、りんごを丸ごと焼きこんだアップルパイが美味しいお店だ。紀子と会うときは、いつも詩織の奢《おご》りだった。はじめはたしか十代の頃だ。詩織自身がおしゃれな店に行ってみたくて、貧しい紀子の分も支払ったにすぎない。紀子の事情にあわせていたら、公園で棒アイスを齧《かじ》るか、肉まんを頬張るかの、二択《にたく》しかなかったからだ。今日は暑いから、白ワインのボトルでも入れて紀子の話を聞いてあげようと、詩織は思う。紀子の相談に乗るのは、どこかワイドショーをみるのとおなじ感覚――正直に言えば、寸分違わぬ心持ちだった。最近は憤ってしまう話が多いけれど、たまには感動させて貰えることもあるし、大概の場合はびっくりしながら、自分の人生の安全さをたしかめる。安定剤のようなもので、世間知らずの詩織にとっては、娯楽の要素が強かった。途中で少し渋滞し、十五分遅れて到着した。陽射しの照りつける歩道に詩織が降り立つと、店の前に紀子の後ろ姿がみえた。

「遅れて、ごめん！　私の名前で予約したって言ったじゃん。さきにお店に入っててくれればよかったのに」

詩織は言った。しかし紀子は動かない。店の佇《たたず》まいに気後れしているのだろうか。

あーあ。面倒くさいなあ。

そう思いつつも、小走りで、紀子の正面にまわった。ところが、紀子の左目は腫れあがり、ほぼ開いていない。目のまわりには赤と青と黄色の痣が何層にも重なり、鼻はわずかに曲がっているようにみえた。紀子の唇がわなわなと震え、くっつきかけた傷跡から血が滲んだ。なにか言っているようだが、声が小さくて聞きとれない。詩織は慌てて耳をよせた。

子どもさえいれば浩二から逃げられる。

その一言を、紀子は壊れた機械のように繰り返した。何度も、何度も。詩織ははじめて危険をかんじた。このままでは紀子は壊れてしまう。殺されてしまう。あの暴力夫のせいで……。たまっていた憤りが頂点に達し、詩織は紀子を抱きしめた。一瞬、紀子は身をこわばらせたが、悲鳴をあげたりうずくまったりはせず、ふうーっと大きく息を吐き、腕の中で脱力した。それから涙をぽろぽろとこぼした。

「……『子どもさえいれば』……？」紀子の耳元で、詩織は訊ねた。

「子どもさえいれば、浩二がいなくなっても、ひとりぼっちじゃなくなるでしょう」詩織の髪に顔を埋めて、紀子は言った。

なぜ、そうなるの？　疑問に思ったが口にはせず、詩織は考えを巡らせた。

紀子の世界に、ほんとうの意味での「なぜ？」はない。性格からして「どうして？」「なんで？」と言いはしても、そこで終わりだ。考えたりはしない。それは紀子流の処世術であり、自分の心を護る方法なのだと、親友である詩織がいちばんよく知っていた。

「……ひとりぼっちは嫌……」独り言みたいに、紀子はつぶやく。

「私がいるよ？」詩織は言った。

「うん、そうだね。もういいの……ごめんね」紀子は言って、詩織から離れた。

この瞬間、紀子があきらめたのが、詩織にはわかった。あきらめたら、ふりだしだ。たとえおかしな言い分であっても、紀子が自分でみつけた突破口は封じられ、暴力夫に殴られる生活に戻ってしまう。しかも日に日に暴力はエスカレートしているのだから、ふりだしよりも、なお悪い方向へと――改善の余地もなく、なにひとつ希望がもてない。絶望そして死へと、加速度的に進んでいってしまうかもしれない。

親友とは、と『十四歳の誓い』が蘇る。その友のためにしてあげられること。大きな愛をもつこと。詩織にしか救いを求められない紀子を、こんなかたちで見捨てるわけにはいかない。大丈夫、きっと大丈夫、大丈夫にしてみせる。そうやって自分を落ちつかせてから、いま一度、詩織は「紀子の突破口」を検分した。紀子は「ひとりぼっちじゃなくなれば暴力夫から逃げられる」と言った。つまり子どもさえいればいいのだ。ただそれだけのことが紀子にはかなわず、いままで私は子ども、を産む機械だった。私の人生をふしあわせにした根源であり、これは私の能力でもある。むかしママがよく言っていた『私の意志ひとつ』を信じられるなら。それで、もし紀子を救えるのなら……。

「あなたの子ども、私が産んであげる」詩織は言った。

「……でも、そんな、どうやって……?」闇の中でかすかな光をみつけたかのように、紀子の表情があかるんだ。

「それはこれから考えよう」いまの自分の閃《ひらめ》きに、詩織は興奮していた。

作戦――詩織と紀子

1

店内は混みあっていたが、詩織が予約した席は半個室になっていた。ホールに背を向けて座ってしまえば、紀子の痣だらけの顔も他人からはみえない。ビストロの華やいだ雰囲気と、寛《くつろ》ぎをかんじさせる間接照明のなか、紀子は料理を次々と平らげていった。紀子にとって「食べること」はストレス発散法なのだろう。ここ数年で紀子は太った。結婚前と比べたら十キロか、十五キロか、ひょっとしたらそれ以上に。ストレスがかかると食べられなくなる詩織からしたら、紀子の旺盛な食欲は生命力そのものにかんじられ、詩織を少しほっとさせていた。

詩織はふだんよりも急ピッチで白ワインを呑んだ。『詩織が紀子の子どもを産んであげる』には、現実的に、どうしたらいいのか。考えを巡らせた。

紀子の望みが『子どもを育てること』であるならば、常識的に考えると「不妊治療をする」「養子をとる」「里親になる」の、まずは三つ方法がある。だが、紀子と浩二では経済的に厳しく、いずれも夫の協力が不可欠だった。あるいは「詩織が代理母になる」という方法。もし紀子が不妊なら、詩織に浩二の精子を着床させる。浩二が不妊なら、紀子に徹の精子を提供する。むろん費用は膨大にかかる。しかも紀子の夫だけでなく、詩織の夫も説得しなければならない。こんなアイデアは、詩織のマザコン夫にせよ、紀子の暴力夫にせよ、あの夫たちは耳も貸さないに決まっている。だとすれば――。

「ねえ。考えごとの邪魔して、ごめんね……あの、あのね……」紀子が訊ねた。「詩織が食べないなら、もったいないから、それ貰ってもいい?」

「ああ、うん。食べて、食べて」詩織は自分の皿と、紀子の皿をとり替えた。詩織が食べたのは前菜を少しとサラダだけだった。あとはすべて紀子の胃袋に収まる。香菜がふんだんに盛りつけられた魚料理も、レンズ豆と煮込まれたとろけるような肉料理も、まろやかな橙色《だいだいいろ》をしたカラスミのパスタも。でもそれはいつものことだ。今日に限ったわけじゃなく。詩織は少食だが、いろんな料理を頼みたい。紀子は大食だが、自分で支払うゆとりがない。もちつもたれつで、これまでやってきたのだった。

「ありがとう」両掌をあわせて詩織を拝む仕草をし、紀子は二皿目のデザートにとりかかる。ガトーショコラと梨のタルト。ルバーブのソルベは溶けかかっていた。

紀子のわずかに曲がった鼻の付け根が、どす黒くみえる。左瞼は時間の経過とともにいっそう腫れあがり、両目とも充血していた。ひどい傷と食欲の対比が、ものがなしい。正視できず胸が痛んだ。やはり先延ばしはできない。もたもたしていたら紀子は暴力夫に殺されてしまう。強硬手段にでるしかないと、あらためて詩織は思う。

　私たちの共通点は無理解な夫だ。つまり最大の敵は夫なのだ。私と紀子、ふたりの女の人生を狂わせた夫たちを欺《あざむ》かなければ、紀子の望みを叶えることはできない。そんな夫たちを欺くには、どうすればいいのか――。

　たとえば、おなじ日に、詩織と紀子が互いの夫と交配する。詩織が妊娠したら、詩織は自分の家族に報告する。ときをおなじくして、紀子も「妊娠した」と、自分の夫に嘘の懐妊を告げる。通常通り、詩織は妊婦として生活する。その間、紀子は「妊婦を擬態」する。ある時期がきたら、詩織は「流産した」と、家族に嘘の報告をする。数ヶ月間、詩織は「流産したふりをしながら妊娠を継続」する。その後、紀子とともに、詩織の両親がもっている別荘へ行く。滞在期間は一ヶ月か二ヶ月。詩織は「流産した心の傷を癒しにいく」とでも言えば、夫は疑わないだろうし、息子たちには姑がいる。紀子は「傷ついた詩織の付き添い」として、偽装妊婦のまま、休暇をとって別荘ですごす。そこで詩織は出産する。その子は「自分が産んだ子ども」として、紀子が連れて帰り、役所に届けをだす。詩織はなにごともなかったかのように帰宅する。そして、紀子は子どもとふたりであらたな暮らしをスタートし、ようやく、あの暴力夫を捨て去ることができる……。

　単純に、詩織が産んだ子どもを、紀子に施せばよいのだ。かつて詩織が姑に息子たちを譲ったのとおなじように――あのときは一方的に剝奪されたのだったが。でも今度はすべて秘密裏に。それぞれ、じょうずに擬態して。紀子が産んだ子のようにみせかける。この作戦だと、子どもの遺伝子は完全に『詩織と徹の子』だが、紀子の望み「子どもさえいれば、ひとりぼっちじゃなくなって、暴力夫から逃げられる」は叶うのではないか。

ぬるいコーヒーを啜りながら、詩織は紀子に作戦を話した。

話を聞き終えると、紀子は目を潤ませた。「……嘘でしょ……夢みたい……信じられない……ほんとうに？　ほんとうに、いいの？」充血した右目から涙がぼたぼたとこぼれ落ちていく。腫れあがった左目には水滴がじわじわと滲んだ。まるで岩から垂れる湧き水みたいに。

「私たち親友でしょ」

詩織はしずかにほほ笑んだ。自分の微笑には他人を説きふせるちからがあること、背後の窓から射しこむ金色の陽光が自分の輪郭を効果的に縁取っていることも、詩織は知っていた。

そうやって平常心を保ちつつも、詩織はいまだかつてないほどの昂《たかぶ》りを覚えていた。頬杖をつく手が震え、熱いものが背すじを駆け抜ける。ジェットコースターに乗って急下降するときのように、全身を震えの柱が貫き、悲鳴をあげてしまいたいくらい、ぞくぞくしていた。これは親友への忠誠心、悪漢をやっつけようという正義漢、突飛な作戦へ踏みだすことへの恐れだけではない。もっと激しく、もっと暗い、不条理な笑いの発作に似た気分が、詩織の心を占めていた。なにしろ、この作戦は、**夫たち**への、ひいては**男**への、私たちの**復讐**なのだ。

2

「恐がらなくても大丈夫。これは、私たちの復讐なんだから」という詩織の言葉に、紀子は痺れた。あの日の詩織には後光が射していた。いつものことながら神に思えた。詩織についていけば、自分はかならず救われる。そう信じられた。

あれから四日間、紀子は店頭に立てず、小谷からは嫌味を言われた。「高橋さんがそんな顔で出勤するのって、やっぱ非常識じゃないんですか」「こういうことは、もうやめてください。次にソレで出勤したら、本社にチクりますからね」「おわかりでしょうけど、ウチが接客を代わってやってるのは、高橋さんへの貸しなんですよ」と、しかし小谷の口調は詩織に似ていた。詩織の絶大なる影響力を目の当たりにし、癇《かん》に障るより以前に、紀子には小谷が滑稽にみえた。

一方、浩二は大人しかった。暴力をふるったあと落ちこむのは、紀子にたいする謝罪や反省からだと、紀子はこれまでそう考えていたが、もしかしたら、連日の大量飲酒のせいで内臓がアルコールを拒否しているのかもしれない――ただ自分の身体がシンドくなって飲酒を控えている、ゆえに鬱《うつ》状態になっているだけのことかもしれない。そんなふうに考え直し、紀子はひそかに驚いた。あの日の詩織がもたらしたのは、そうした客観性だけではなかった。

このクソったれ！

と、浩二にたいして、はじめて思えたのだ。たとえ心の中だけにせよ、浩二のことを罵《ののし》れたのは、詩織が与えてくれた言葉、**復讐**のおかげだった。

詩織という、たったひとりの強靭な味方を得たことで、こんなにも世界が変わってみえてくるとは。いまとなっては「わたしが悪いから……」なんて思わない。この男に殴られても「ごめんね」なんて二度と言わない。なにひとつ現状は変わっていないのに、いまでは鏡で映した世界のように、紀子にはすべて逆さまにみえていた。青天の霹靂《へきれき》とはまさにこのこと。悪いのは、浩二だ。なにもかも浩二のせいだった。働かないのも、酒に溺れるのも、暴力をふるうのも、ひとたび闇から抜けでてしまえば、自分のせいじゃないとよくわかった。むしろ浩二はヒモだった。生活の面倒は紀子がみてやっていたのだから。

ふざけるな！　このろくでなし！　こんなクソ男、わたしから捨ててやる!!

テレビも観られないくらいグッタリとしている浩二を、遠目にみながらそう念じていると、ひとりでに笑みさえこぼれた。紀子は冷静だった。それもこのうえなく。現時点における「冷静さ」という意味では、詩織をも上回っているかもしれなかった。

詩織とは毎日ティーンエイジャーのように電話しあっていた。長いつきあいだが、詩織は自分のことを話さない。紀子も遠慮して訊ねないよう心がけていた。

ところが、詩織はここにきて自分の悩みを語りはじめた。いわく「私は一生この男とはしない、って思ってたのに、いまさら、まさか、こんなことになるなんて。信じられないよね、ねえ？」だそうで、ほかには「徹の体臭とか、触ったり、触られたりとかも、私ほんとに堪えられるかなあ」とか「私、情けないんだけど、自分から誘ったことがないんだよね。まいったなあ。ほんとにできるかなあ」というのもあった。二十歳の頃、紀子は詩織に「男の子——といっても経験があるのは生涯で浩二ひとりきりだが——と、つきあうときって、どうしたらいいの？」と、逐一相談したものだった。デート時の服装、おしゃべりの内容、電話をかけていい頻度、キスを受けいれるタイミング、セックスを焦《じ》らすテクニックに至るまで（もっとも、いくら詩織から教わったとしても、浩二のほうが一枚上で、いつもナシ崩しにされてしまう紀子だったが）。いまのように詩織が打ち明けてくるのは、はじめてのことだった。

紀子からすると、そんな詩織はとんでもなく可愛かった。恥じらい、ためらい、でもどこかウキウキとしていて。三十三歳になるというのに『世間知らずのお嬢さん』のような詩織を、先輩ぶって励ましている自分が誇らしく、わずかながらも自信がついた。懐かしいようでいて、実ははじめての、この感覚。これこそが親友同士なのだと、紀子はまたしても感激していた。

そして九月五日。詩織がたてた作戦の、今日から五日間がＸｄａｙｓだ。詩織が妊娠しやすい日にち――危険日を狙って、それぞれの夫とセックスをする。

紀子の右目まわりの痣と腫れあがった左目はだいぶ治ったが、少し曲がった鼻はいまだに息をするたびズキンと痛む。でもたかがセックスだ。顔がどうあれ、やってできないことはない。そう決心したものの、紀子は昨日から緊張していた。上の空のまま、早番勤務を終えて、いそいそと帰宅した。浩二は外出中だった。行き先はどうせパチンコ屋かコンビニだ。すぐに戻るだろうと踏んで、ショルダーバッグを降ろし、キッチンに立った。テレビ前には、脱ぎ捨てられたジャージ、アイスクリームの空カップ、飲みさしのペットボトル、食べかけの総菜パック、卑猥な雑誌の山。ふすまの向こうに浩二の万年床がみえる。散らかった室内をみまわすと、澱《おり》のように沈殿した生活感というブラックホールにふたたび吸いよせられていきそうな自分をかんじ、慌てて窓を開ける。おもては夏の名残をかんじさせる爽やかな夕暮れどきだった。濁った空気を追いだして、紀子はへたりこんだ。無性にクチさみしくなり、買い置きのスナック菓子をつまむ。体内が塩と脂の刺激に充たされてから、ふと気がつく。

雰囲気もへったくれもないこの自宅で、わたしには無関心なあの男と、クソ汚い万年床で、セックスするなんて至難の業だ、と。

突如として不安に襲われ、詩織に電話をかけたくなった。その衝動を抑えこむため、紀子は目を閉じる。午後五時二十分。いまごろ詩織はどうしているのか。

きっと詩織のことだから、乳白色の大理石でできた浴槽に浸かり、美しさに磨きをかけているに違いない。清らかな花の香りを漂わせ、いやらしく豪奢《ごうしゃ》な下着をつけて、エレガントなネグリジェを身に纏《まと》う。ロマンチックな音楽の中、お酒とチョコレートと果物を嗜《たしな》んだあと、天蓋付きのベッドで、はにかんだり、甘えたり、拗《す》ねてみたりし、夫を誘惑する詩織。彼女のかたちのよい胸、しなやかな筋肉、滑らかな肌。内側から発光しているかのような、あの裸体……。

セックスをするのに理想的な雰囲気と、十四歳のときにみた詩織の裸体を組み合わせ、こまかなことまで妄想した。紀子は欲情していた。我にかえってしまわぬよう、さらにキック目を閉じて、パンツの中に指を入れてみる。うずきはじめた下半身をみとめ、この調子だ、これならイケる、現状維持だと紀子は思った。グラスに入った満杯の水をこぼさぬようソロリソロリと歩くみたいに、慎重に風呂場へ向かう。かんじすぎないよう注意しながらシャワーを浴び、ふだん通りの下着とジャージを身につけて、浩二を待った。

浩二が帰宅したとたん、室内には煙草のヤニと汗とアルコールの混じった臭いが充満した。呑んでいないときでも最近の浩二はいつもこうだ。理科室にあるホルマリン漬けの臭いが常時している。機嫌が悪いのは、またパチンコでスッたせいだろう。テレビ前の定位置にドサッと座り、リモコンを携えて、アグラをかいた。

「おかえり」キッチンテーブルの椅子に腰掛けて、あかるさをよそおい紀子は言った。

「ん」しかし浩二はいつもとおなじく、紀子のほうをみむきもしない。

「なんか食べる？」

「いらね」

「今日はいいお天気だったね」

「知らね」

「……なんか欲しいものとか、ある？」

「ねえよ」

「そっか……」

「金」

「え？」

「欲しいもんあるかって訊いただろうが」

「ああ……」

「くれよ」

「ちょ、ちょっと……ごめん……それは、ムリ……」

「……あの……あのね、明日わたし遅番なんだ」

「るっせえなあ」

「……ごめん……」

「消えろ」

「……ちょ、それも……ムリ……」

「あっそ」

「……あのね……わたし、あの、お願いがあって」

「……」

「……わたし、あの……抱い……て……」

「はあ？」

「……抱いて欲しくて……」

「マジ？　なんだそれ？　おまえ、なんなの？　バッカじゃねえの？　どのツラさげて言ってんだ、このデブが」浩二はサディスティックに笑った。

紀子は死にたくなった。もうダメだ。ダメなのは、このわたしだ。大事な作戦を、こうもたやすくブチ壊してしまう自分を呪った。結局、紀子はなにも考えてこなかったのだ。自分は詩織と違う。美しい詩織のようにプランは練れない。自分が女として魅力がないことは痛いくらいわかっている。残された手段は、たったひとつ、体当たりしかないと思っていた。だからといって、こんなふうに正面きって「抱いて欲しい」と自分から言うなんて、マヌケにもほどがある。初体験のときとおんなじだ。当時も、詩織から「女の子はもったいぶるべき」と教えられていたのに、いまとほぼおなじように、紀子のほうからお願いしてしまったのだった。

「こいよ」

浩二のざらついた声を耳にし、反射的に紀子は萎縮《いしゅく》した。おかしなお願いをしたせいで殴られるのかもしれない。また呼吸が難しい。紀子は自分の膝をみつめた。

「こい、って言ってんだろうがあ！」

半分からかっているかのような怒鳴り声だった。紀子はおそるおそる浩二をみた。浩二はニヤニヤと笑っていた。椅子にへばりついて離れない尻を無理矢理に剥がす。全身をこわばらせ、紀子は浩二のそばに立った。

「おら」座椅子にふんぞり返り、股間を誇示し、冷ややかな声で浩二は言った。

ココを舐《な》めろということか。紀子は思った。舐めるんじゃダメだ、挿《い》れるのでないと。舐めただけで浩二が終わることは、ままあった。でも挿入の証拠がなければ、作戦自体がダメになる。とはいえ、いま浩二を断ったら確実に殴られる。流れからいくと、たぶん、今度こそこっぴどく……。紀子は覚悟を決めて、肩までの髪を片側によせた。

「ごめんね」と、浩二の傍らに跪《ひざまず》く。

いきなりジャージを下ろすと叱られるので、面倒だったが生地の上からくちづける。アンモニアとアルコール臭、埃《ほこり》と汗、ヤニとカビ、こびりついた垢《あか》。想像以上の臭気が鼻をつき、思わず、吐き気をもよおしかけた。しかし運のよいことに、曲がった鼻に激痛が走った。ウウッ。痛みのあまり声が漏れてしまったが、吐くよりはマシだった。浩二をみあげる勇気はなく、紀子は胸のうちで叫んだ。

クソやろう！

たちまち紀子は奮起した。こうなったら根性あるのみ。痛む鼻をかばって、浩二の毛玉だらけのジャージ生地にかぶりつく。鼻呼吸を控えると、おのずと息があがっていく。ハア、ハア、ハア。ひっそりとした室内に、紀子の吐息——実際にはたんなる呼気だが、へんに大きく、響いて聞こえる。この息の荒さでは、まるでわたしがひどく欲情しているみたいだと、頭の片隅で紀子は思う。すると浩二が「へえ」と薄く笑った。いまだ。タイミングを得て、紀子は浩二のジャージとパンツをいっしょくたに引きずり下ろした。

「おまえ、エロイな」柄にもなく腰を引き、照れくさそうに浩二は笑った。

その言葉にカチンときて、紀子は浩二をみあげた。浩二はニヤケ顔で「そんなに俺が欲しかったのかよ」と呆れたように紀子をみおろした。勝手に勘違いしてればいい、このエロバカクソったれ。紀子は念じて、しょぼくれた陰茎をくわえる。こんな男、いまに捨ててやる。ありったけの悪意をこめて舐めて、しごいて、頬張った。捨ててやる、捨ててやる。ひとりぼっちになるがいい！　噛み切りそうないきおいで、必死に上下運動を繰り返しているうちに、紀子の念が激しすぎたのか、浩二はイッた。呆気なく……。

浩二はズサッと座椅子によりかかり、全身の筋肉をダラリとさせた。紀子の口内には浩二の体液がたまっていた。吐きだそうか迷ったが、そうするわけにもいかず、エイッと飲みくだす。粘液が喉を通る気色悪さに、鳥肌が立つ。涙目になっているのが自分でわかり、ふたたび吐き気をもよおした。胃がせりあがるようで、食道へと大波が押しよせる。ダメだ。限界だ。でも吐いたりしたら殴られる。紀子は身構えた。ダメ、ダメ、ダメ。ダメだけど、もう……。自分が嘔吐するかと観念したが、吐瀉物《としゃぶつ》の代わりに、紀子の目からは涙がビュッと噴きだしていた。

「してください。お願いだから、してください。わたしにしてください」

自尊心とは裏腹に、紀子はそう泣きわめいていた。浩二は驚いた顔をして紀子をみつめた。オエーッ、エーッ、エーッ。嗚咽《おえつ》というには猛々《たけだけ》しすぎる自分の泣き声が、よその誰かの絶叫のように、紀子には聞こえていた。

3

簡単すぎて惨めなかんじ。

それが徹としたあとの、詩織の感想だった。ふだんは別々のシングルベッドに寝ているのだが、その夜、詩織は徹のベッドの端に腰掛けた。

「ねえ……」と言ったらそれだけで、徹はすぐに詩織を抱いた。節度ある前戯、ワンパターンなセリフ、シンプルな挿入、自己陶酔している徹の目つき、空々しい自分の喘《あえ》ぎ声。行為自体は悪くないが、虚しいばかりの夫婦の営み。事後、詩織はこれでまた少し自分の人生が惨めなものになったようにかんじていた。七年間のセックスレスが、こんなかたちで打ち破られるとは、思いもよらないことだったから。

悔しいけれど、この三日間、詩織はわけもなく期待していたのだ。期待の裏側には不安があった。不安の内訳は、あとから考えてみれば、いささか冷静さを欠いていた。「長きに渡って拒絶してきたのだから、今度は徹に拒絶されるかもしれない」とか「徹はもう私には勃《た》たないかもしれない」とか「老いて醜くなった私のせいで、徹は射精に至れないかもしれない」とか。仮にそんな事態に陥ったとすれば、詩織のプライドは許さなかっただろうが、もし不安が的中したのであれば、自分が懸命になれるような気がしていた。徹にたいして。自分自身にたいしても。

そんなことで、どうして悩んでいたのか、いまとなってはわからない。わからないながらも、詩織は直観していた。永遠に、ときめきは失われたのだと。

七年ぶりの行為の最中、脳みそを揺さぶられるようなピストン運動をかろうじて受け止めながら、おかしな具合に気になったのは、夫婦間のバランスについてだった。だらしなく脂肪のつきはじめた徹の肉体と、手入れを怠ったことのない自分の肉体は、申し訳ないけれど不釣り合いだった。だが生活力は釣り合っている。性格からして、徹も詩織も自分のことは曝《さら》けださない。相手には求めない。経済的に満足し、互いに体裁を保つことには長《た》けている。どちらも甘えるのが少しだけ下手で、家族への愛情はごく淡白。感情的に乏しいところと、自己愛が過剰気味なところ、計算高いがゆえに従順すぎるところも、残念ながら似たもの夫婦だった。姑との諍《いさか》いさえなければ、私たちはどんな夫婦になっていたのか。

そう考えたこともあったが、結局はおなじこと。ひとは誰しもその個人の運命、歴史の流れの中で、母親のみをすげかえることはできないのだから。徹はあの母親——姑から生まれたからこそ『現存するいまのこの男——詩織が出会った徹』なのだった。

セックスレス解消から五日間、徹は膨大な数の精子を、詩織の子宮に送りだした。そのあとは詩織の拒否だ。拒絶。断絶……。徹から誘ってくることもなく、孤独な日々が訪れる。刻々と徹の愛情が目減りしていくのを、まざまざと詩織は目撃し、傷つき、倦《う》みながらも、また次の月には「ねえ」ではじまる行為が営まれた。

紀子はといえば、のんきなものだ。感服ものの、あの鈍感さ。タフで、グズで、でも満身創痍《まんしんそうい》で。Xdaysの五日間は、毎日、報告しあっていた。

それぞれ初日の幕が開け、翌日の午前中、電話口で紀子は言った。「浩二が『舐めろ』って言うから、そうしたんだけど。なんか、わたし泣いちゃって。お願いしたんだけど、やっぱダメで。ごめん。ほんとに、ごめんね。今日は頑張るから」

二日目は「昨日も『してください』って言ってみたんだけど、浩二に『ウゼエよ』って言われちゃって。しつこくすると殴られそうだったから、あきらめたの。だけど浩二はなんか、やさしくなった気がする。ありがとう。詩織のおかげだよ」

三日目「浩二がパチンコで当てたらしくて、すっごく機嫌がよかったのね。浩二のほうから

『舐めろ』って言ってくれたから、わたし、ほんと嬉しくって。だって二回もしたんだよ。シャワーも浴びておいてくれたから臭いも平気で。あ、けど臭いはわたしが慣れたのかもね。やだ、下品な話で、ごめんね。あはははは」

四日目「あのね、昨日、浩二が『後ろからならしてやってもいい』って、やっと言ってくれたんだ。問題は浩二が外にだしちゃったことなの。どうしたらいい？」

五日目「実は昨日、浩二に『子宮にだしてください』って言ったのね。そしたら急に怒りだしちゃって……。ヤバいかもって思った。作戦の話はできないし、子どもが欲しいなんて言えるわけないし。だから、わたし、ちょっとだけお金あげて機嫌とって、浩二がキレないようにするしかできなかったの……ごめんね。詩織はちゃんとしてくれてるのに。わたし、ほんとダメだね……」といった具合だった。

これで作戦はいったん終了——少なくとも詩織はそこで切りあげたのだが、紀子はそうはいかなかった。なにごとも計画通りにはいかないものだ。

六日目になると「浩二にバレるのが恐くって、だって、こっちから突然はじめて、突然やめるのは、不自然じゃない？　だからアリバイっていうか、来月のチャンスもあるわけだし、一応、昨日も『してください』って言ってみたんだよね。自分から『舐めるだけでもいいから』って言っちゃった。負けないんだ、わたし。えへへ」という理屈らしく、それは七日、八日、九日、十日、二週間、三週間、一ヶ月——翌月のＸｄａｙｓまで、連戦連敗しているようだった。ようやく紀子が勝利したのは一ヶ月半ほど経った頃だ。

十月二十日、その日はランチの約束をしていて、オープンカフェで会った。痣ひとつない顔で、紀子はあらわれた。ケガもしておらず、肌つやもいい。いつもの服——だぶっとしたブラウスにぱつんぱつんのパンツ、合成皮革がところどころ割れている茶色のショルダーバッグという出で立ちだったが、心なしか、きれいになっていた。

紀子いわく「やっぱ『子宮にだして貰う』のって、スゴイよね。なんでか相手をブッ飛ばしてるような気分になれるの、アレ、スゴイよね。女って最強だよね。わたし浩二にヤラレてるあいだ、ずーっと『死ね、死ね、死ね』って念じてたの。あはははは。浩二には『マジで勘弁してくれよ、俺だって身が保たねえし』って言われたんだけど、わたし止めないんだ。考えてみたら浩二は暇でしょ。毎日できるのって、体力的に、そこんとこで助かってるのかなあって。これで復讐に一歩前進！　明日もわたし頑張るからね！」だそうで、詩織にしてみれば、うなずくことしかできなかった。

過激な発言を繰りだしているわりに、慎ましやかに紀子は笑う。ここまで素直な笑顔の紀子をみるのは、いつ以来だろう。思い出せないくらい、ひさしぶりだった。内心、詩織はさみしかった。紀子を少し遠くかんじた。自分でも理由はよくわからなかったのだが。

紀子が浩二にまた暴力をふるわれたのは、それからさらに一ヶ月半後だった。

電話口で「お酒のせいなの」と紀子は泣いた。

「どうしても、ぜんぶダメになっちゃうんだよね。三ヶ月、お酒をやめられてたのに。ごめん……ごめんね。もうダメかも……。頑張れそうにないかも。せっかく詩織が作戦たててくれたのに……わたし、**復讐**できない。したいけど、できないよ……」

「そっか。わかった。それで、いまから会う？」詩織は訊ねた。

十二月の深夜。詩織は寝る間際だった。ランドリーボックスへ靴下を放りこみ、歯磨きをしながら、リビングでテレビのニュースを眺めていた。紀子の話を聞いているうちに爪先が冷えきっていたが、なぜだか、詩織の心にはぽっと小さな灯がともっていた。

「会いたい……詩織に会いたいよ……だけどもう……」紀子が泣きじゃくる。

「私なら大丈夫。どこにいるの？」

「……ウチの前の道……」

「じゃあ、そこにいて。三十分で行くから」詩織は電話を切り、大急ぎで身支度をととのえ、タクシーを呼んで、颯爽《さっそう》とおもてへ出た。

到着すると、紀子は電信柱の陰にしゃがみこんでいた。白い息が浮かびあがり、頬がぴりぴりするくらい寒い。詩織は自分のカシミアのショールを、上下ともスウェット姿の紀子に覆いかぶせる。ぐるぐる巻きにしているあいだ、紀子はなにも言わず、詩織にされるがままになっていた。

そのとき触れた紀子の髪の冷たさは、詩織に電話をかけるまでの時間――浩二に殴られて、何十分か、何時間か、こんなに冷えきるまでここにしゃがみこんで、紀子はひとりで悩んでいたのに違いなかった――を想像させ、詩織は胸をつまらせた。

「お茶しよっか」詩織は言った。

「あ、うん。そうだね……ごめんね……」のろのろと紀子は立ち上がった。

街灯に照らされ、紀子の顔がみえた。思わず、詩織は息を呑んだ。腫れた左瞼、右目のまわりの痣は、へんな話だが、いつも通りの傷だった。しかし今夜は、額にひとすじ切り傷がある。滲んだ血に前髪が張りついている。よくみると傷はさほど深くはなく、縫わなくても大丈夫そうだと素人目にもわかったが、詩織からすると、殴られるのと、切られるのとは、かなり違う。

「なにこれ……なんで？　なにで切られたの……？」詩織は訊ねた。

しかし紀子はきょとんとした。詩織が指で自分の額をこつこつと突いてみせる。

「ああ、これ？」紀子は額を隠すかのように、スウェットの袖で傷口をそっと抑えた。何度もこうしていたのか、霜降りグレイの袖は血まみれだった。「まさか。あのビビリの浩二が切るわけないじゃない。殴られたときの倒れかたが悪くて、うっかりテーブルにぶつけただけ」自分が凡ミスでも犯したかのように、紀子は苦笑した。

詩織は言葉を失った。紀子はたくましくなっている。それも三ヶ月前とは段違いに。紀子を強くしているのは『詩織との復讐』なのか。あるいは『浩二との性行為』なのか。混乱したが、あえて口にはせず、ファミレスへ向かった。


翌朝、詩織は姑に叱られた。裕樹と雅樹がみているまえで。

「今日はお母ちゃまから、お話があります。詩織ちゃん。お友だちを心配するのはいいけれど、夜中に出歩くのはやめなさい。そんなとこ、近所のひとにみられていたら、どうするつもり？

はしたない。詩織ちゃんは淫らよ。ご自分では気がついていないんでしょうけれど、私も裕樹も雅樹も、みんな不快に思ってるんだから。もうひとつ、ついでだから言わせてもらいますけれど、徹とのこと。詩織ちゃんはここのところ徹とも……家庭でベタベタするのは、とにかく、やめてちょうだい。穢《けが》らわしい」

と、姑は言った。内容のくだらなさに比すると、やけに厳格な口調だったが、終わりのほうは独り言のようになっていた。

「はい。すみませんでした。以後気をつけます」ミッション系の模範生のように恭《うやうや》しく、芝居がかって、詩織は頭を下げた。

朝ごはんを食べていた裕樹と雅樹は、叱責される詩織をみてはいたが、とくに姑の味方もしていないようすで、ふたりともなんの表情もみせず、その場から逃げるように登校していった。

文句を言ってすっきりしたのか、息子たちがいなくなると、姑はふだん通りのお母ちゃま――便利で愚かで哀れな老女に戻った。裕樹の塾のお迎えと、雅樹の英会話の送り迎えは、いつもとおなじく姑に任せ、今日の詩織はサロンに行く。青山にある有名店で、カットとカラーリングの予約を入れてあるが、ネイルも施して貰おうか。それとも帰りにガーターベルトでも新調しようか。あれこれイメージして、ノーブルな紺色のワンピースに着替える。ブーツを履いて、コートを羽織り、姑には声をかけずに玄関を出た。

最寄りの駅までは徒歩十五分。詩織は最近、極力タクシーには乗らないようにしている。妊娠しやすい身体をつくるため、適度な運動は不可欠だから、なるべく歩くようにしているのだ。

冬晴れの街を歩くのは気持ちがいい。駅から電車に乗って、地下鉄に乗り換える。タクシーは楽だが、こうして雑踏に紛《まぎ》れるたび、自分も社会できちんと機能している人間のひとりだということを思い出させてくれる。地上にあがると、金色のイチョウ並木が目に飛びこんだ。落葉したイチョウを敷きつめた舗道は、詩織の好きなもののひとつだった。ハートのかたちの葉を踏みしめて、がさがさという靴音の心地よさに浸る。十二月特有の、澄みわたる空の青さも、詩織は好きだ。青と金の真ん中に、私のコートの赤はよく映える。都心の散歩を満喫しているはずが、詩織はつい考えてしまう。今朝の姑の小言はいつになく強烈だったと。

　思うに、姑のあれは女の顔だった。私と徹は夫婦なのに、徹とのことまで気に障るなんて、どうかしている。女のいちばん外側にある化粧顔。その一枚下にある、すっぴん顔。その下にある身内向けの顔と、その下にあるひとりきりの顔の、さらに根底にいつまでも潜み続ける女の顔ということか……。気色悪い。不潔にかんじる。思い返してみれば、ママの顔はひとつだった。私自身の顔それのみだ。

　一方で、姑からすると、私と徹が仲睦まじくみえていることは、ふしぎだった。作戦をはじめてからの徹は、行為には応えるが、いっそう冷淡になったというのに。

　徹はもとから無口なタイプではあったが、結婚してからというもの、ますますなにも話さなくなった。くちやかましい姑が常にそばにいるからか、ここ数年、夫婦の会話は皆無に等しい。詩織が徹に、姑への不平不満をぶつけていたのも、とうのむかしのことだった。ふたりでいると息苦しくて、詩織はさりげなく席を外す癖がついた。徹もおなじ。詩織といると気づまりなのだろう。まったく自宅によりつかない。

数えたことはないし、疑うことさえ億劫《おっくう》で、考えないようにしているけれど、残業など年間三百日はざらにある。早朝出勤も同日数で、休日出勤もばかに多い。たまの休日はゴルフか、仕事づきあいのパーティー、スポーツジムやサウナ通い、ひとりで神社に厄払《やくばら》いに行くこともある。年始やお盆で外出しにくい時期は、一日じゅう書斎に閉じこもり、パソコンをいじるか、ＤＶＤで映画を観ている。まるでオートロック管理の行き届いたマンションの隣人のように、挨拶だけはまともに交わすが、相手が何者かは知ろうともしない。それでも夫婦というものは、互いに夫婦然とさえしていれば、天然自然な組み合わせにみえてしまうのだった。

こういった場合、世間では第三者の存在を怪しむのだろうが、徹に愛人はいないと、詩織には断言できた。徹はおそらく風俗にも手をだしたことがない。私との行為のときも、舐めることはしないし、させたりしない。そのくらい癇症《かんしょう》なのだ。徹という男は。

4

年が明けて、詩織の大学時代の友人・浜中みずえから、ひさしぶりに連絡があった。バレンタイン・デイに結婚パーティーをするのだという。

みずえは大学卒業後、大手広告代理店に入社し、いまではバリバリのキャリアウーマンだった。本人いわく「なんもなんも。しょーもない商品の、しょーもない宣伝してるだけやん。押し売りとなんも変わらへんねん。それに、ほら、むかしっから、お笑い部門だけは得意やったから。『お客さん、笑ってしもたら買うてってな?』って。世の中ほんま、それだけやん?」だそうで、しかしよく聞いてみると、みずえが手がけた仕事は、誰もが知っている有名商品のヒットCMばかりだった。関西弁もパワフルさも相変わらずで、詩織はなんだか嬉しかった。

「みずえはちっとも変わらないんだね」電話口で詩織が言うと、

「こうでもせんとキャラを憶えて貰えへんからなあ」みずえは笑った。

「でな、結婚パーティーのことなんやけど。なんちゅうんやろ。みなさんには悪いけど会費制やし、ふつーうの店やし、しょぼーい呑み会みたいなもんやから、言うたら、詩織ちゃんのレベルやないんよ。ほんまにな、嫌やったら断っていいんねんで?」

むかし一度どこかで聞いたことのあるフレーズを耳にし、出処《でどころ》を思い出したとたん、詩織は吹きだした。みずえの性格からいって、きっと前回と似たような理由で、自分に声がかかったのだろう。あの合コンに行かなければ、徹と出会うことはなく、別の道を生きていたのに違いなかった。でも詩織は参加することにした。みずえがあまりにいきいきしていたから。いまの自分にとって、紀子以外の女友だちと会えることは、よい気分転換になると思ったのだ。

みずえの結婚パーティーは、都内の一流レストランを借り切って、派手やかに執りおこなわれた。イタリアンの立食形式だったが、メインディッシュはお好み焼きで、今日のためだけに鉄板が設置されており、焼き立てを食べられるようになっていた。

業界人が大半を占め、芸能人も数人みかけたが、旧友らしき顔はほぼみられず、親きょうだいや親戚もいない。みずえから誘ってきたわりに、くちはばったい言い方をしていたのは、おそらく、このためだった。知り合いはみあたらなかったが、これで案外ひとりでいるのには慣れている。詩織はふと自由な気分になった。他人の視線――男の色目や女の嫉妬を受け流しながら、知らないひとびとに紛れていると、大学時代が思い出され、シャンパンを呑み、スライド上映やバンド演奏を楽しんだ。

新郎新婦に挨拶するチャンスが訪れ、詩織は新郎を紹介された。新郎はハンサムな好青年だった。フットサルが趣味で、みずえの部下でもあり、四歳下だという。

「これが噂の詩織ちゃんですかあ！　ほんまやね。女優さんよりきれーなお顔で、ほんまに美人さんですねえ！」新郎は高らかに笑い、みずえは新郎をドツいてみせた。

「ご主人も関西のかたなんですか？」詩織が訊ねると、

「いえいえ、ボクは東北です。けど、こう、みずえさんのがうつっちゃって。ほんまに困りもんですわあ」新郎は下唇を突きだしてみせる。

「あんなあ、詩織ちゃん。今日は長谷川祥子もきてるんよ。憶えてる？　あの子になあ、ウチから『詩織ちゃんの面倒みてやってな』って言うてあるねん。ほんま、よう働く子やから、詩織ちゃんの好きに使うたって」申し訳なさそうにみずえは笑った。

みずえがうながした方向へいくと、祥子が手をふっていた。祥子は遠目からでもそうとわかる偽物のシャネルスーツを着ている。本物のそれを着ていた詩織は、瞬間的に、なんだか分が悪いないし、壁を背にして祥子の隣に立った。なと直観した。とはいえ、ここで引き返すことはできそうにない。詩織も手をふり返し、壁を背にして祥子の隣に立った。

「きゃーっ、会いたかったあ！」祥子はくっきりとした笑顔をみせた。

「ね、私も」奇妙な威圧感を覚えたが、詩織は返した。

「ねえねえ、詩織、結婚したんだって？　玉の輿でしょ？　みずえから聞いたよ、立派なお式だったって。あたしも式にでたかったなあって、何年前の話よ、いま言うかっていうね。遅ればせながら、おめでとう。詩織がしあわせそうでよかったあ！」

ちょっと根暗だけれどサバサバした人物。それが祥子の印象だった。アメリカ留学の夢は叶えたのだろうか。詩織は自分が謙虚にみえるよう、小さく首を横にふった。

「祥子は？　いまは、どうしてるの？」詩織が訊ねると、

「あたしは英語教師やってます。ぜひ一度、お子さまと遊びにきてくださいね」と、祥子はハンドバッグから名刺をだした。

名刺をみると、祥子の勤め先は、チェーン展開している大手の英会話教室だ。通信教育に毛が生えたレベルの幼児教室に、息子たちをカモにされてはたまらない。詩織は感心しているふうをよそおった。自ら売りこんできたわりに、祥子は急に口をつぐんだ。気まずくなってしまったので、詩織は機嫌をとるつもりで訊ねた。

「すごいね。教師って、責任あるお仕事だから大変でしょう？」

だが、詩織の問いを完全に無視し、祥子は互いのスーツをチラチラと指差した。

「みてみて。おそろだねっ」祥子がまたくっきりとした笑顔をみせる。

「あれ。ほんとだあ」いま気がついたかのように詩織は答えた。

「いいよね、このかたちのスーツ。なんていう名前なのか知らないけど」辛辣といってよいくらい、いやらしい調子で祥子が言う。

「うん、私も」この女よく言うよ、と思ったが、気持ちを隠して詩織はとぼけた。

「ねえねえ、ここ異常にソース臭くない？」突然、祥子が声を潜める。

「そうかな？」悪口めいた声色《こわいろ》に注意しながら、手短に詩織は返した。

「お好み焼き、あっちで焼いてるの。これだから関西人は。髪とか服にソースの臭いがつくじゃない。クリーニング代の請求しちゃおっかな。今日は一万円も会費払わされたんだからね。なんか料理もってくる。詩織のぶんももってきてあげるね」

　と、バイキングへ歩きだした祥子は、もうにこりともしていなかった。詩織がほっとしたのも束の間、祥子がいなくなるのを見計らっていたかのように、今度は堀明美があらわれた。明美は黒いビジネススーツを着、黒いパンプスを履いて、髪をひとつにまとめている。式場スタッフかと見紛うような、友人の結婚式には似つかわしくない格好をしていたが、もともと育ちがいいので臆することがない。一匹狼を自認している明美は、周囲の目など気にならないようすで、手にしていた二杯のシャンパングラスのうち、ひとつを詩織に差しだした。

「詩織、いま、カモられてたでしょ？　祥子ってケチ臭くてイヤなんだよね。だから消えるの待っちゃった。ソースがどうとか言ってるの、あっちにいても聞こえたし」

詩織はシャンパングラスを受けとり、返事に窮して肩をすくめた。

「あー。疲れた。アタシ、さっきまで現場だったのよ。ウチの会社は、みずえのとこともよく仕事するから、今日は気合で駆けつけたの。これも営業っていうね。では本題にいきますか。みずえさん、結婚おめでとうございまーす」

明美はニカッとした笑顔をこしらえ、シャンパングラスをすっと掲げた。詩織もグラスを傾けてかちんと鳴らす。詩織は少し舐めるだけにとどめたが、明美はぐいぐいと呑み干して、通りかかったウェイターからお代わりを受けとった。

「そうだ、詩織はお子さんいるの？　女の子ならウチの事務所にこない？　アタシ、いま、叔父の芸能事務所で働いてるのよ。ウチは最大手だから安心だし、叔父も詩織のこと気にいってたし、明日にでも所属させてあげられるよ。もちろん、アタシが責任もって担当させて貰うから、バンバン売ってあげる。アタシ、むかしっから詩織の顔が好きなんだよねえ。詩織似の娘さんなら、絶対、国民的女優になれると思う」

二杯目のシャンパンを呑みながら、明美はまくしたてた。おしゃべりなところも、学生時代から変わらない。そう思って、詩織は苦笑した。空騒ぎというのがぴったりくるような口調は、若いときにはうるさがられたが、セールストークにはうってつけだろう。もっとも、この調子で押しに押されたら、売れるものも売れないのかもしれないが。詩織はむかし、明美から「叔父の事務所にこないか」と何度となくスカウトされていて、そのやかましさには辟易《へきえき》させられたものだった。

「残念ながら娘はいないの。息子がふたり。父親似なのかな」

「あー。それは残念。女の子を産みなよ。そんでウチで売らせて」明美は目尻を赤くして三杯目のシャンパンにとりかかった。「でもアタシ、実は独立したいんだよね。だって、いまは結局、叔父の会社なわけじゃない。そりゃあ、身内の旨味もなくはないけどさ、旨味っていっても所詮『叔父の脱税のお手伝い』でしょ。毎月、ん百万円単位のお小遣い貰っても、現場付きのマネージャーじゃ、お金遣う暇がないのよ。だいたい、脱税なんてケチ臭いよね。金持ちって、ケチばっかなんだもん。税金くらい払えばいいじゃん」

「そんな大きな声で『脱税』とか言わないほうがいいよ」詩織は笑った。

「いいよ別に。アタシがしてるわけじゃなし」明美は酔ったのか、赤ワインに切り替えて、話は現場の愚痴にスライドした。業界用語を連発し、詩織にはちんぷんかんぷんだったが、明美は聞き手に同意を求めないタイプの女だ。暇潰しには最適で、右から左に聞き流した。


都心の夜空はやけにあかるく、街じゅうが〝LOVE〟で彩られていた。イルミネーションのきらめく大通りを歩いていき、ベルギーチョコレートの高級店と、バレンタイン・チョコレートを求める女たちの行列を横目に、詩織はタクシーを停めた。詩織は紀子が恋しかった。ここ二週間、なぜだか紀子をうっとうしくかんじていたのだが。

自宅までの道程を運転手に告げて、携帯電話をとりだす。紀子に電話しようかと思ったが、またあの赤裸々な性生活を聞く気力はなかった。紀子はいまだに毎日〈舐めるだけのときも含めた）性行為に挑んでいた。たまに殴られてもいるらしかったが、以前と比べれば、暴力は激減し、紀子はいまの生活に満足しているようにみえた。詩織は安堵すると同時に複雑な思いに駆られていた。紀子がしあわせになったというのに、この作戦の必然性はあるのだろうか、と。

あーあ。うっとうしいな。詩織はため息を吐いた。

鬱屈した気分になる原因がわからない。少なくとも、今日は悪い日ではなかったはずだ。みずえの晴れ姿をみられたことは嬉しかったし、パーティーのとくに前半は素敵だった。ひさしぶりに自由に酔いしれ、バンド演奏には感涙した。祥子とはスムーズにいかなかったが、その一因はスーツにある。違う服を着ていれば問題はなかった。明美は論外で思い出せることもない。

でも、と詩織は考える。今日一日をとってみても、私は衝動的な行動が多すぎた。

結婚パーティーだというのに、厚ぼったいシャネルスーツをチョイスしたのも、なんとなく気乗りせず、コーディネートの手間を省いたせいだったし、奇妙なものを買ってしまったり（どうして『熊のぬいぐるみ付きバレンタイン・チョコレート』なんか欲しかったのか。徹に渡すには気恥ずかしいような代物で後悔した）、おかしなものを食べたくなったり（珍しく胃もたれがして、パーティー料理は受けつけなかったが、グリッシーニが妙に香ばしく、マナーも忘れてそればかり食べた）、感情の起伏が激しかったり（あとから思い返してみると、バンドの曲は陳腐で、演奏もたいした腕前ではなかった）……。我ながら手に負えない。そんな判断ミスが、二週間前からぽつぽつと、ここ数日はかなり顕著に、なぜだか増えている。

もううんざり。なにもかもがうっとうしい。

なんともいえない、この気怠さ。微妙な違和感。気分の定まらなさ——自制が利かず、急上昇したかと思うと、急降下してしまう。神経がふいに張りつめて、些細なことでいらいらする。他人の話は聞きたくなくなり、受け答えも素早くできない。そして気がつくと、頭に霞《かすみ》がかかったかのように、一日じゅう、ぼんやりしているのだった。

と、このとき詩織は予感した。三月になって、その予感は的中した。生理がこない。作戦開始から半年が経っていた。

実行——紀子と詩織

1

午前九時に、都内の某ホテル三階ラウンジで。

と、詩織は指定してきた。その日は遅番だったが、午前十一時三十分には出勤せねばならず、往復する時間を考えると、紀子は一時間しかいられない。

「ごめんね。ゆっくりできないんだけど……」紀子は渋った。詩織は「うん、わかってる。大丈夫だから朝にして」と譲らなかった。

そういうわけで、紀子は通勤ラッシュの満員電車に揺られ、地下道の歩行式エスカレータに乗って、高層ビルが建ち並ぶオフィス街にでた。行き交うサラリーマン、おしゃれなOL、立派なホテルにも、紀子は気圧《けお》された。浩二とセックスするようになり、少しは痩せてきれいになったつもりでいたが。とんだ勘違いだ。自分の身なりが恥ずかしい——肘と尻がテカテカに擦り減ったダッフルコート、毛玉だらけの古いセーター、膝の抜けたパンツ、ヨレヨレのスニーカー、自分で適当に切っているボサボサの髪。浩二から受けた暴力の跡がないのが、せめてもの幸いだった。

ラウンジに、詩織はまだ着いていなかった。いつものように通路側の席に座り、奥の席は詩織のために空けておく。ウェイトレスにメニューを渡され、紀子は縮みあがった。財布には千円札が一枚きりだ。

「ご注文は？」とウェイトレスに問われ、

「……すみません。あの、ツレがきてからにします……」と小声で答えた。ここで注文してしまえば、仮に詩織がこられなかった場合、無銭飲食するしかなくなる。脂汗を滲ませて、紀子は待った。十五分遅れて、詩織はやってきた。

「まだ注文してないの？　紀子は時間ないんでしょ？　私はフレッシュフルーツティーね。パウダールームに行ってくる」コートも脱がずに、また出ていく。

なにがあったのか語気が強く、殺気だっているようにもかんじられ、紀子は言われた通り、フレッシュフルーツティーをふたつ注文した。五分、十分、十五分と経ち、紀子には三十分しか残されていない。カットされたりんごやイチゴがプカプカ浮かぶハーブティーを飲みながら、今日の詩織はなんだかおかしい、やけに長いトイレだし、滅多にないことだが慌てているし、化粧気もない。気を揉んでいると、詩織は戻ってきて席に座った。口許をハンカチで押さえ、目がかすかに潤んでいる。

「お待たせしちゃったね」と、詩織はほほ笑んだ。

詩織の微笑には魔力がある。紀子をすっかり安心させてくれる魔法だ。身なりも、財布の中身も、時間のなさも、いまの自分を忘れさせてくれる。

「ごめんね」紀子も笑みをこしらえた。

「調子が悪くて。朝だとだいぶ楽なんだけど」バツが悪そうに詩織は言った。

よくみると詩織の目の下にはクマができている。顔色もすぐれず、少しやつれた印象を与えるが、もとが美人なので、悲哀と色気が増してみえた。おもむろに詩織はバッグのクチを大きく開けた。中身をみるよう紀子をうながす。

「……え？」なにかくれるの……？

紀子はたちまち期待で胸がいっぱいになった。こういうことはたまにある。詩織がちょっとしたモノをくれるのだ——学生時代は、文房具や、折り畳み傘や、髪を結うゴム。大人になってからは、お古の長財布、化粧ポーチ、使わなくなったアロマランプ、いただきもののお菓子、未使用のハンカチ、ほかにもいろいろ……。もし、わたしたちの寸法があっていたら——詩織はSかXSサイズで、紀子はいまやLサイズだった、衣類もたくさん貰えただろうにと、損をした気分になることもあったが、紀子にはダイエットをする気など毛頭なく、いつか詩織が中年太りするまではお預けだと、自分に言い聞かせていた。それに今日の往復電車代は紀子にとって痛い出費だ。だが、なにか貰えるならチャラにできる。紀子はまえのめりになり、詩織のバッグを覗きこんだ。

中には、妊娠検査薬が入っていた。透明のビニール袋に入ったそれは、プラスチック製のスティック状で、丸い窓に赤い印がついている。

「ここで紀子と一緒にたしかめたかったから」詩織は言った。「予感はあったんだ。やっぱり陽性だった。ねえ、紀子の時間は大丈夫？」

「あ、うん」すぐには状況を呑みこめず、紀子は答えた。「いいの。まだ平気」

「そっか」物足りなげに、詩織はうなずく。ガラス製のティーポットから、指で薄切りのりんごをつまみだし、ひとくち齧った。がっかりしたような詩織の表情に、紀子は胸騒ぎを覚えた。懸命に頭を働かせ、詩織と妊娠検査薬を交互にみた。詩織はいまトイレで検査したのだろうか。その結果が「陽性だった」と言う。つまり詩織は妊娠した。

詩織が妊娠した。詩織が妊娠した。ということは……わたしが妊娠したのだ！

気がつくと、紀子は奇声をあげていた。「キャァーッ！」と。中腰になって、バンザイの姿勢をとり、場違いなほどの大声で。「……赤ちゃん！　赤ちゃん？　赤ちゃんが?!」

「そう。そうだよ」紀子を諫《いさ》めるかのように、詩織は小さくうなずいた。

「……夢みたい……信じられない」紀子は感極まった。

感涙しきりの紀子をよそに、詩織は視線を店内へと向けている。紀子がふり返る。店中のひと――ウェイトレス、パソコンに向かっているサラリーマン、初老の夫婦が、紀子と詩織をみていた。いまは、でも、そんなことはどうでもいい。紀子はかまわず詩織の手をとった。自分のティーカップに手首が当たった。薄黄色い液体がさあっと卓上にこぼれていく。セーターの袖がぐっしょり濡れたが、紀子は気にせず、詩織の手を握りしめた。

「ありがとう……」紀子は感激にむせび泣いた。

「おめでとう」詩織は神々しい微笑をみせた。

まさに詩織は神だった。紀子の運命を司《つかさど》り、しあわせへと導いてくれる存在。そして、あたらしい生命まで創りあげてしまったのだ。するとパラパラと拍手が聴こえた。詩織が会釈するほうをみると、初老の夫婦とウェイトレスが、満面の笑みを向けてくれていた。紀子も会釈し、ふたりとも顔をみあわせ、ほほ笑みあう。他人からみると、ここまで親身になって友だちの妊娠を喜べるなんてありえないことだから、わたしたちは仲のよい姉妹かなにかにみえているのだろうと、紀子は思った。これこそが真の友情の姿だと気づかずに。

とはいえ、ふたりは無駄に注目を浴びてしまい、それからは暗黙の了解のもと、互いに雑談に終始した。迫りくる時間に追われ、紀子と詩織は大急ぎでラウンジを出た。

ひとけのないロビーの片隅を選び、大理石の柱の陰で、どちらも声を低くして『今後の作戦の展開』について相談した。

「紀子の健康保険証を貸して欲しいの。母子手帳を二重に作らなきゃいけないから」ダイヤモンドをちりばめた腕時計をみやり、早口に詩織は言った。

「え……二重って……?」腑に落ちない心持ちで、紀子は財布から自分の健康保険証をとりだし、詩織に手渡した。

紀子は詩織を信頼していた。保険証を預けることは別にいい。預金通帳だろうが、戸籍謄本だろうが、住民票だろうが、婚姻届だろうが、パスポート(紀子はいまだに取得したことがなかったが)だろうが、詩織にならなら任せられる。だが、なににせよ二重という言葉には、犯罪の匂いがつきまとう。昨日までは浩二とのセックスに興じていればよかっただけのことが、今日からはそうはいかない。生命はすでに宿り、あとにも退けない。わたしたちは未知なる世界へと一歩も二歩も踏みだしてしまっている。その事実が、血の巡りの悪い紀子にもさすがにわかり、背すじがヒヤリとした。

「……ねえ。これって違法なのかな……？」声を抑えて、紀子は訊いた。

「どうだろう。そうかもね」詩織は答えたが、てきぱきと続けた。

「母子手帳は、市町村によって交付のされかたが違うけれど、妊婦が産婦人科にいって検診を受けたあと、役所の窓口で貰うものなのね。自分のぶんは、いつものようにすればいい。紀子のぶんは、私が『紀子の健康保険証』を使って、紀子になりすまして、別の産婦人科で検診を受ける。そのあと紀子は『自分の健康保険証』と『私が紀子になりすまして受けた産婦人科の診察券』をもって、自分が住んでいる区域の役所に行く。その窓口で『紀子名義の母子手帳』を交付して貰う。手続きは、向こうがだしてくる用紙に書きこみをするだけだし、夫の代筆でも可能みたいだから、そう難しくはないと思う。この『紀子名義の母子手帳』が、のちのち『出生届け』をだすときなんかにも必要になってくるから、ちゃんとやってね」

詩織はイラだたしげに紀子をみた。目を細めて「できる？」と訊いてくる。

「……はい……」叱られているかのように紀子は答えた。

「私もう行くね。また電話する」足早に詩織がタクシー乗り場へ向かった。

「ごめん。ごめんね。ありがとう」詩織の背がみえなくなるまで見送ってから、五分遅れで出勤すべく、紀子は駅へと駆けだした。

今日は人生で最高に素晴らしい日。わたしだけのラッキー記念日だ。五分の遅刻を小谷に責められても、紀子はまったく動じなかった。小谷はもとより、総菜屋の誰から嫌われたって、どうでもいい。怠惰なパートにも、小癪《こしやく》なアルバイトにも、もう屈しない。わたしはひとりぼっちじゃない。お腹には赤ちゃんがいるのだから！

と、その思いは紀子をいっそう強くした。紀子はさっそく今朝の詩織を真似た。昼食は駅ビルの八百屋で買ったりんごひとつを齧るのみ。トイレに行けば長々と戻らない。ハンカチで口許を押さえ「わたし体調悪くって。まあ、朝はマシなんだけど」と、もっともらしく、うそぶいた。夕方になると、急激に、紀子の胃はムカついた。自分の身体は空腹を訴えているのだと、その時点の紀子にはまだ自覚があったが、心はそれを認めなかった。腹をかばうようにしばしば腰掛け、小谷ににらまれると、おおげさにため息を吐いてみせる。また「お腹の赤ちゃんのために栄養をつけなければ」という考えから、売れ残ったカキフライをぜんぶもって帰ることも、いまの紀子にはたやすくできた——閉店時に残った総菜の中で『いちばん旨味のあるオカズ』を誰がもって帰るのか、パートやアルバイトの争奪戦になり、弱気な紀子はこれまで参戦したことがなかったのだが。

胃のムカつき（と空腹）をも凌駕《りようが》する、このウハウハ気分。

帰り道では、総菜の入ったビニール袋をクルクルとふりまわし、エヘヘと笑みを垂れ流し、散歩中のよその飼い犬に「ごきげんよう」と挨拶し、スキップまでする始末。絵に描いたような有頂天ぶりで、紀子は帰宅した。

「お、豪勢だな」カキフライをみて、浩二は破顔した。ここ一ヶ月、浩二は酒を呑んでいない。目の前にいるのは、暴力夫ではなく、やさしいほうの浩二だった。

紀子は冷凍ごはんをレンジでチンし、手早く味噌汁を作った。その間に浩二はシャワーを浴びる。ふたりとも夕飯を済ませると、今度は紀子がシャワーを浴びる。風呂上がりの紀子はなにもつけず、万年床にいる素っ裸の浩二へ歩みよる。このときの紀子は、傍目にも心情的にも、ほとんどリングにあがるプロレスラーだ。頭の中に「カーン!」とゴングが鳴り響き、プロレスの試合よろしく浩二の肉体に挑みかかる。毎日セックスをするために、涙を堪えて築きあげた夫婦の習慣だった。

それでいて、半年前にはぎこちなく乱暴なだけのセックスは、いまや軌道に乗っていた。暇潰しにすぎないのかもしれないが、シラフのときの浩二は、そのことばかりを考えているようだった。一日じゅうインターネットやエロビデオで研究し、紀子の帰りを待ちかまえている。ひとたびハマると元来の繊細さを発揮し、マメに知識を蓄えて、手つきは丁寧、緩急をも使い分ける。自分の射精は時計を横目にコントロールし、紀子の反応も観察している。めあたらしい前戯に凝ってみたり、アクロバティックな体位も試す。どこで仕入れたのか知らないが、大人のオモチャを用いることもあった。

だが、このやさしさは一過性のモノでもあった。禁酒も二ヶ月目になると、欲求に負けてしまうらしく、ぶり返す。酒を呑めば暴力がはじまる。酒に蝕《むしば》まれ、暴力のピークを迎え、一ヶ月後には、またふりだしに……。そんなルーティーンを繰り返していた。

ところが、いまの紀子を待っているのは、コレとはまったく違う人生だ。作戦に、紀子は賭けていた。今日のセックスを終えて、寝入りばなに紀子は告げた。

「わたし妊娠したの」と。

「トボケたこと言ってんじゃねえよ」しかし浩二はあからさまにムッとした。

ダメだ。嘘がバレている……。

一瞬、紀子の頭は真っ白になったが、案外すぐに立て直した。どうせ相手は浩二というバカな男だ。自己中心的な浩二の考えることといったら、紀子を疑うというよりも、自分自身の問題に違いない。たぶん浩二には父親になる度胸がないのだろう。アルバイトを転々とし、バブルの時代にも正社員になれず、プラプラ生きてきた男。仕事もせず、酒とセックスに明け暮れるだけの、ヒモの暴力夫。当然といえば当然だった。

「信じないなら別にいいの」紀子は返した。

「信じねえよ、そんなモン……バカじゃねえの。それで俺を脅してるつもりかよ。俺が働けねえのは、テメエのせいなんだからな」浩二は声をうわずらせた。

浩二の幼稚さは、紀子の怒りの導線に火をつけた。このビビリのチキンやろう。どこまでクソなら気が済むんだ。わたしの赤ちゃんが生まれたらコイツはドブ底、孤独の泥沼に捨て去ってやる。胸のうちで悪態を吐いて、ごく冷静に紀子は言った。

「ひとりで産むから。絶対に産むから。浩二には迷惑かけないよ。浩二は浩二で好きなようにやっていってください」暗に離婚を匂わせた。

いくら殴られても平気だと、紀子には思えていた。なぜなら、わたしのお腹には赤ちゃんはいないのだから。赤ちゃんは、詩織という高貴で神聖な器に護られて、安らかに育っている。挑戦的に顎を突きあげ、紀子は浩二ににじりよった。浩二はイジけた表情で、紀子の周辺に目を泳がせた。

「……し、証拠をみせろよ」浩二が声を絞りだす。

「証拠？　証拠は、今度ね」間髪《かんはつ》をいれず、紀子は切り返した。

クタクタだから寝たいの。わたしは妊娠して大変なの、夫婦喧嘩なんかしている場合じゃないの。そう言ったも同然なそぶりで、紀子は堂々と頭からフトンをかぶった。危うくボロをだすところだったが、浩二はなにも返してこず、水を飲みに台所へ向かった。

翌日、紀子は詩織に電話をかけた。休憩時間は三十分。浩二の疑いを晴らすには、どうしたらよいものか。浩二が酒を呑みだすまえに決着をつけたいと焦っていた。

「証拠ぉ？」と詩織は言った。軽蔑と倦怠を含んだ声で。こんなんじゃ、このさきが思いやられるわ、とでもいうように。

「……ごめんね……」紀子は携帯電話を耳にキック押し当てた。

「はい、はい。いいよ。落ちこむのはやめて。あの男のことだもん、そうくるだろうと思ってたから。昨日、紀子の保険証で産婦人科に行ってきたの。ちゃんと検診して、診察券も貰ってきたし、赤ちゃんのエコー写真も撮ってきたよ」

「……ええーっ!!　エコー写真!!」興奮のあまり大声をあげた紀子に、

「……声が大きい。いちいち騒ぐとバレちゃうよ」詩織は不快げに返した。

「ごめん、ごめんなさい。ありがとう……」

「どうする？　今日とりにくる？」

「行く、行く。どうすればいい？」

「私の家のほうまできて貰える？」

「行く、行く、イカせて！　早番だから夕方六時には行けると思う。うわあ、緊張してきちゃったあ。詩織のおウチにお邪魔するのって何年ぶりかなあ!!」

「ああ。そっか。おウチは困るな。お母ちゃまがいるし。最寄りの駅前にファストフード店があるから、そこで待ってて」

「はい！」と答えるやいなや、紀子は通話ボタンを押した。

自分から一方的に電話を切ってしまったような気がしたが、詩織のことだ。呆れはしても怒らずにいてくれるだろう。

紀子はタカをくっていたのだが、仕事を終え、電車に乗り、ファストフード店に着いて、十五分遅れでやってきた詩織は……とんでもなく不機嫌だった。

「これが診察券。こっちがエコー写真。今日が三月八日でしょ。妊娠二ヶ月目の最終週なの。出産予定日は、十月二十四日ね」詩織はオレンジジュースを啜って、まずそうに顔をしかめた。

「血液型が私とおなじで助かった。紀子もA型でいいんだよね？」

「うん、A型。それって、おなじじゃないとダメなの？」

「妊婦検診って血液検査もするから、保険証と違う血液型だとバレちゃうでしょ」

「そうなんだ……ごめんなさい」

「自分のと紀子の、いっぺんに済ませちゃおうと思って、昨日は産婦人科を二軒ハシゴしたんだけど、もう死にそう。まとめるのは厳しいね。すっごく疲れちゃった」

詩織は青白い顔をして、たしかに死にそうだった。妊娠初期というのは、ひたすらしあわせなものかと想像していたのだが……。でも詩織の体調の悪さは参考になる。もっと有益な情報を仕入れたい。それにはまず詩織の機嫌をとることだと言葉を探した。

「……わたしにできることって、あるかな？」手はじめに紀子は訊ねた。

「うーん。とくにないけど」ほんの少しだけ表情を和らげ詩織は答えた。

「栄養ドリンクとか買ってこようか？」紀子は自分の財布を手にとったが、詩織は掌をひらひらとふって紀子を制した。

「いらない。なにも食べたくないの。だけど、ふしぎだよね。妊娠って毎回ちょっとずつ違うかんじで。裕樹のときはクラッカーしか食べられなかったし、雅樹のときはおうどんしか食べられなくて、今回はもうひどすぎる。なーんにも食べられない」

詩織が愚痴ると、脊髄反射で、紀子は涙ぐんだ。

「……詩織、かわいそう……」むかしから詩織が好むセリフを、紀子はあえてつぶやいていた。

「……わたしが代わってあげられたらいいのに……」

「でも、しょうがないよね」詩織は首をふった。

「ううん。ほかにもツライことってあるの?……」紀子は訊ねた。

「うん。そうだね。ツライことばっかり。おっぱいも張って、すごく痛いし。乳首も痛くて、ブラなんかつけてられないし。あとはとにかく眠いんだ。眠いのがいちばんツライかも。私、ぜーんぶ忘れてたの。これから、どんどんツラくなるってこと。妊娠の素晴らしかった出来事しか憶えてなかったんだもん」詩織は苦笑した。

詩織の愚痴に耳を傾けつつも、いつものように、紀子は生まじめな相槌を打った——うん、うん、うん。そうなんだ? え……ほんと? そうなの? ハア。そういうモンなんだあ……(詩織って、スゴイ。スゴすぎる!)。と、賛美する一方で、巧みに、妊娠による身体の変化を引きだしては、心のメモに書き付けていた。


キッチンテーブルに置いた、産婦人科の診察券には『高橋紀子』と書いてある。モノクロのエコー写真に映っている赤ちゃんは、小さな、小さな、まるで豆粒のようだ。

その二枚の「証拠」を挟んで、紀子と浩二は差し向かいに座った。

浩二はシラフで紀子を待っていた。憔悴しきっていたが、同時に出会ったばかりの頃を思い出させるような、ナイーヴな顔つきをしていた。

「……もう帰ってきてくれないかと思った……」浩二は言った。「俺に愛想尽かして、ホントに出てっちゃったのかもしれないなあ、って」

　エコー写真を手にとって、浩二が凝視する。次いで、診察券も。

浩二が、なにかの感情を内にためこんでいるのは、わかる。しかし紀子にはその感情が読みとれない。酒を呑もうか迷っているときや、欲情しているとき、怒りだす直前、殴ったあとの泣き顔、お金を無心しようと企んでいる目つき……。どれとも違う浩二の、こんな表情はみたことがなく、黙って動向を見守った。

「……マジで信じられねえなあ……」浩二はひとりごちた。

　クチにはしないが「だから別に信じなくてもいいって」と紀子は思った。

「……いままで、俺、ヤンチャしすぎてたかな……」と浩二は言う。

　紀子は「アンタのやったことは、そんな甘いモンじゃなかったけどね」と思う。

「……こんな俺が親父になるって、コイツは許してくれるかな」と浩二は続ける。

　頭の中だけで「許すわけないじゃん？」と紀子は答える。

「……カワイイな。このパチンコ玉みたいな、ちっちぇーヤツが、なんでこんなにカワイイんだろ」エコー写真の赤ちゃんを、浩二は指でそっと撫でた。

　一度もみせたことがない浩二の慈愛の眼差しに、紀子の心はグラついたが、なんとか踏みとどまり「でもパチンコ玉というたとえが最低……」と思い直した。

「……この玉のためなら、このさき一生、俺、どんなことでもやれる気がするよ」

　どのクチが言う？

と、紀子はいまにもキレそうになった。もともと、わたしのためには働けなくても、パチンコ玉のためなら、なんでもするような男だろうが。尊い生命の「証拠」をみても、これしか言えないようなクズ男。わたしと赤ちゃんは、こんなクズの犠牲には絶対にならない!! 紀子はあらためて憎しみひとつに心をまとめた。

「今日、職安に行ってきたんだ」だから浩二がそう言ったときには遅かった。

「ハア?」紀子はつい口走っていた。

「………」浩二は紀子をにらみつけた。

浩二の目が据《すわ》り、殴ろうとしているのが、紀子にはわかった。握りしめられた拳をみて、紀子は硬直した。こういうとき、ふだんなら両腕で頭を護る紀子だったが、とっさに下腹部をかばったのは、なんだったのか。浩二は紀子の腹をジッとみた。血管が浮きでた大きな拳は、卓上にドンと叩きつけられ、ガタガタとキッチンテーブルを揺らしたが、紀子の顔面にではなく、浩二の太腿に激しく打ちつけられた。

「……明日はむかしの職場に行ってみるよ。俺が専門のときにやってたガソリンスタンド。あそこは年中求人してっから」

浩二は突然、椅子をなぎ倒し、立ち上がった。紀子はギュッと身をすくませた。だが、浩二は直立不動だ。十秒、二十秒、三十秒……。なぜか敵意がかんじられない。浩二はなにがしたいのか。殺されるのか、逃げるべきか。判断がつかずにいると、ズサッ、と仰々しい音をたてて、浩二がくずおれた。膝をついた恰好で、バチン、バチン、と両掌を床に叩きつける。ドス。鈍い音をたて、額を床に打ちつける。そして静止。ピクリともしなくなった。

「……な、なにしてるの……?」紀子は訊いた。

浩二は床に額をこすりつけたまま「……ホントは変わりたかったんだ。俺……だったけど、ずっと変わりたかった……けど変わる。マジで……変わるから……」そんなようなことをモゴモゴ言った。体勢のせいと、卑屈さのせいで、浩二の声がくぐもっている。

「……え? ごめん。聞こえないんだけど……」紀子は返した。

決定的ななにかが起きるとき、ひとは大概、いまがそのときだと気がつかない。紀子に至っては、浩二以外との経験はなく、その浩二にしてみても、愛の告白はおろか、まともなプロポーズもしてこなかった。結婚式など夢のまた夢、互いの両親を会わせたことすらなく、結婚指輪も貰っていない。ロマンチックな状況とは無縁の人生だった。

「俺のガキ、産んでくれ」

と、浩二が言った瞬間も、それがいったいなんなのか、紀子にはよくわからなかった。無意識のうちに、紀子の唇はポカーンと開いた。あまりにも予想外の発言すぎて。なんと答えたらよいものか返事に窮していると、

「んだよ、おまえ。そのアホヅラ」

浩二がふいに顔をあげて、恨めしそうに紀子をみた。

コレなら知ってる。いつもの浩二だ。

そこで紀子は理解した。夫のおかしな体勢は『求愛の土下座』だったのだと。

2

詩織の懐妊と同時に、紀子の生理は止まっていた。乳房はパンと張りはじめ、乳首も大きくなっている。つわりもあるし眠気もひどい。少量の果物のほかに、クラッカーとうどんしか食べられないので、顔色は悪く、体重も着々と減っている。紀子にとって『詩織に同化すること』は朝メシ前だ。むかしから、詩織といると自分が「美人でお金持ちのやさしい少女」になれた気がした。紀子は日々刻々と妊婦化し、ルンルン気分だった。

そんな四月半ば、詩織が電話口で「運転免許をとって欲しいの」と言った。

「私たち、このさき別荘で出産するでしょ。そこは田舎だから、なにかあったときに車があると助かるんだよね。赤ちゃんがいると車があれば便利だし、いずれ、あの男から逃げるときにも必要だと思う。大丈夫。費用は私が払ってあげるから。これは私からのお祝いね。車も買ってあげるつもりでいるの」

赤ちゃんの次は、車の運転免許……?? すっとんきょうな申し出に、紀子は虚を衝かれた。

「え?……車なんて……詩織の気持ちはありがたいけど、でも、さすがに運転免許はムリだよ……ごめん。自信ない。わたし仕事を休めないし……」と言葉を濁した。

だが、詩織は一歩も退かない。「大丈夫、大丈夫。紀子にもできるよ。運転免許は誰にでもとれる簡単な資格だから。それに仕事は休まなきゃ。紀子は赤ちゃんを産むんだよ? 産休も育休もとるんだよね？　いまだって産婦人科の検診にいかなきゃいけないし、マタニティ・ヨガとかマッサージとかスイミングとか、やるべきことはたくさんあるでしょ？　その時間をどっかで潰しているんなら、教習所に通ったほうが、赤ちゃんを迎える準備になるんじゃない？　言い訳はできると思うんだけど」確信的な口調で淡々と続けた。

「……じゃあ、浩二に相談してみるね」たじろぎながら紀子が言うと、

「……あの男に相談するの？」不信感もあらわに詩織は訊ねた。

「ねえ、紀子。私のためにも車に乗れるようになって欲しいの。命がけで出産するのは、私なんだから。陣痛がはじまっちゃったら、私と赤ちゃんを病院へ連れていってくれるのは、紀子しかいないいんだよ？」と、そんなふうに頼まれたら、断れるわけがない。

「……はい」否応なく紀子は答えた。

　翌日から、紀子は近隣のK市にある教習所へ通うことにした。シフトを縫って単位を取得し、そのたび「産婦人科にいく」「マタニティ・セミナーにいく」云々と、浩二や小谷に嘘を吐く。浩二はなにも疑わず、小谷には妊娠をひけらかしたい気持ちがあったので、ちょうどよかった。単語の頭に「マタニティ」とつく講座には、なんともいえない、ゆとりが漂う。そこへ通うと言ったところで、小谷からは「なにそれ。マジで？……キモッ」と返されるだけだったが、紀子にしてみれば、やっかまれることじたいが初体験で、小気味よくかんじていた。

　一方、小谷以外のパートたちは、紀子に気遣いをみせるようになった。いままで紀子などモノの数にいれていなかったような、五十絡みのおばちゃん連中が「今日はヒドイ顔色だね。裏で休

んでいいよ」とか「ウチも孫ができたの。シフト代わってあげようか」とか「こんな重いもの、運ばなくていいわ。安定期に入ってからにしなさい」などと、まめに声をかけてくれる。パート内で最年長の河合さんに「あの社員さんはホントに頑張る子だね。つわりがあるっていうのに、よくもまあ、毎日あれだけの量の唐揚げを揚げていられるよ」と感心されたこともあって、紀子の評判は急上昇していた。

浩二は、あの日を境にガソリンスタンドで働きだした。暴力はもとより、一滴も酒を呑まず、パチンコもしない。アルバイトとはいえ目を見張るようなまじめさで、朝早く出勤し、帰宅は深夜に及ぶこともあった。心身ともになまってしまったのか、ひさびさの労働は、傍目にもキッそうだった。浩二はでも溌剌《はつらつ》としていた。数年ぶりに電話をかけて、G県に住む両親に、懐妊の報告ができたことも、かなり誇らしかったのだろう。

「母ちゃんに泣かれちゃったぜ。親に『おめでとう』なんて言われるの、考えてみれば高校入試に受かったとき以来だったし」と、しばらく、しんみりしていた。

3

詩織が妊娠を報告したとき、徹は驚いた。裕樹と雅樹は戸惑った。姑は呆気にとられた表情をみせたが、その日のうちに切り替わり、安産祈願のお守りを買ってきていた。

週末は家族全員でお祝いした。詩織の体調にあわせ、とうふ懐石の料亭へ行った。

ひさしぶりの家族団らんで、上座に男三人が並んで座る。徹はビールを呑み、裕樹と雅樹はよく食べた。ふだんの息子たちなら「肉しか食べたくない」とか「揚げ物じゃないと嫌だ」と文句を噴出させるに違いない献立だったが、おぼろどうふや、白身のお刺身、すくい湯葉をたいらげながら、どちらもよく喋った——裕樹は担任教師への酷評、雅樹は嫌いな友人への悪口で、ぜんぶを冗談という糖衣でくるんだ悪意のエピソードが主だった。それを聞いて徹はよく笑った。口数は多いが、息子たちは、弟か妹となる『赤ちゃん』について、いっさい触れない。徹もおなじく、あたらしい家族の一員の話題をあきらかに避けている。以前と比べ、徹と裕樹と雅樹は似てきていると、詩織は思った。それぞれ単体でいると似ていないのに。男たちは結託しあって、なにごともなかったかのように、ふるまっていた。水面下には照れや当惑、喜びをも隠しているのだろうが、おもてにみえてくるのは、ある種の偏った感情——妊娠にたいする抵抗感だった。水菓子の段になると、姑は徹に細長い包みを渡した。中身は縞のネクタイだった。姑いわく「子どもを三人も私立にやらなきゃならないんだから、徹にはますます頑張って貰わないとね」だそうで、まるでよくできた嫁みたいに控えめな笑みをみせた。

お祝いから一週間も経つと、徹と裕樹と雅樹は、妊娠に慣れた。互いに「もう、おまえなんかと仲間でいる必要はない」と言わんばかりに反目しあう。兄弟喧嘩は再開され、徹は家族への興味を失った。残念だけれど、これで、すべて元通り。詩織がほっとしたのも束の間、今度は姑が待ちかまえていた。

姑は欲望一色となっていた。嫁の腹にしまってある新品のオモチャの到来に、目をぎらつかせている。その顔つきをみて、これから起きてくることが、詩織には難なく予測できた——まずは健康食品を買いこみ、つわりで食欲のない詩織に強引に勧める。胎教向けのCDやDVDを鑑賞させられる。適度な運動を強要され、食事を管理され、行動を監視され、早期教育のマタニティ・セミナーに通わされる。安定期に入れば、早々にベビーカーやおくるみやバウンサーを買いにいき、お参り用の自分の着物もまた新調するのだろうし、自分の寝室もベビーベッドが置けるように改装するだろう。詩織に了承をとらず、勝手に決定し、それに従わせ、ちょっとでも拒否すれば責めたてる。そして、息子たちとおなじく奪うのだ。私のことを『詩織ちゃん』と呼ばせ、自分のことを『お母ちゃま』と呼ばせて……。

考えただけで虫酸《むしず》が走る。限界だった。詩織は憎んでいた。姑を。徹も裕樹も雅樹も。さみしいけれど、男たちはみな無関心という名の同罪だった。

4

五月、詩織のつわりはおさまった。妊娠四ヶ月目。ゴールデンウィークには、家族そろって旅行するのが、藤原家のならいだ。

詩織の実家である藤原家では、年に四回集まりがある。四月のお花見、五月の小旅行、八月の花火大会、十二月の忘年会。ママとパパ、弟と（毎回異なる）ガールフレンド、ママの姉にあたる伯母夫婦、二人のいとこ夫婦と子どもたちで、一晩じゅう、美味しい食事とお酒を楽しむ。この集まりのようすを、幼い裕樹や雅樹から伝え聞いた姑には「ダメな大人たちのバカ騒ぎだ」と一蹴されたが、詩織の家族はむかしから、ずっと、ずっと、こんなふうだ。誰もが自由で、あかるくて、愉快なことが大好きで。しかし、ここしばらく、詩織は参加していなかった。内弁慶な裕樹と雅樹が実家の集まりを嫌がるし、詩織もママに見栄と意地を張りきれなくなっていた。実家を改築して、弟夫婦がママたちと同居する報告を受けてからは、詩織はもう自分の帰れる場所がなくなったようにかんじていた。

でも今回は参加しなければならない。出産のために、両親から別荘の鍵を受けとっておく必要があった。詩織が参加すると聞いたママは、受話器越しにもわかるほど興奮していた。奮発して沖縄旅行にいこうと提案されたが、詩織は近場でお願いした。行き先はY県。「高台にあるワイナリーでバーベキューをしましょう」とママははしゃいだ。

七年前に、ママはインテリアデザイナーを辞めていた。いまは陶芸とフラダンスに凝っている。パパは現役の建築士で、弟は一昨年、結婚した。弟の嫁は高校の同級生だったらしく、妊娠していたので式は挙げなかった。雑誌やショーのモデルをしていた弟は、それを機に、先輩モデルとセレクトショップを起業した。じきに一歳になる男の子がいるという。結婚祝いと出産祝いは贈ったが、詩織はまだその甥《おい》にも嫁にも会ったことがなかった。

自分の体調も加味して、旅行には、雅樹だけ連れていくことにした。裕樹には塾があるし、息子をひとり残しておいたほうが姑対策にもなる。妊娠はママたちには報せないことに決めた。糠《ぬか》喜びさせたところで、どうせ他人にあげてしまうのだから。と、そう意識したとき、詩織の胸はいっそう重くふさがった。

八歳の雅樹は旅行を渋っていたが、特急電車に乗ったとたん詩織に甘えた。しりとりはもとより、ずいずいずっころばしや、指相撲といった、だいぶ幼いゲームをせがむ。下の子ができて幼児返りをしているのか、自分のことを幼稚園時代のように「雅樹くん」と呼びはじめ、詩織の髪をいじり、手を繫ぎ、肩にもたれる。かと思えば、降車の際には「赤ちゃんがいるひとは重たい荷物はもっちゃいけないんだって。詩織ちゃんのバッグは、雅樹くんがもってあげるね」と申し出てくれた。

待ち合わせ場所は、K駅の改札だった。改札ではママが待っていた。

ママは会うなり「まるで小さな恋人ね」と雅樹をみて笑った。雅樹の頭を撫でて「雅樹ちゃんはほんとうに、詩織ちゃんの生き写しだわ」と続ける。

佐々木家では禁句になっているが、実際に、雅樹の容姿は詩織に似ていた。雅樹はだから、きょとんとしていた。自分が美しい子どもだという事実を知らないせいで。

「詩織ちゃんには似てないよ」憮然とした表情で、雅樹が言う。

「……そう？」と、ママはほほ笑んだ。

詩織のことを「詩織ちゃん」と呼ぶ孫たちをみるたび、ママは傷ついた笑みを浮かべる。裕樹が生まれたばかりの頃のママは、いまよりもっと率直だった。「たまには泊まっていけばいいのに」とか「ゆっくり孫と会いたいわ」とか、ときには「佐々木のお母さんは毎日孫に会えるんだから、私たちだって少しはいいでしょう?」などと言って、詩織を悩ませた。そんなふうに『姑と自分の不公平さ』への対抗心をあらわにしていたママが、態度にも言葉にもださなくなったのは、いつからだったか。ママは我慢することに決めたのだろう。おそらくは詩織のために。娘を信じる。意志を尊重する。それは、いかにもママらしい愛情の示しかただった。

「……パパは?」詩織が訊くと、ママは「車にいるわ」と答えた。

ママとパパの車に、詩織と雅樹は乗せて貰うことになっている。駐車場まで歩いていくと、停めてあったワゴン車から弟が降りてきた。

「よお、姉さん。よくきたね。この子が太朗。で、妻の加奈」

後部座席の窓ガラス越しに、ふくよかな女性がみえた。プクプクと太った太朗くんを抱いて、詩織と雅樹に会釈する。太朗くんに弟の遺伝子はどこにも見受けられず、弟はといえば、モデルを辞めたからか、年相応の疲れた顔つきになっていた。詩織と雅樹も会釈を返して、パパの車に乗りこんだ。

「雅樹。肉、何枚食えるか、俺と競争するか」パパはエンジンをかける。

「競争とかすると怒られるし」雅樹はぶすっとつぶやいた。

パパは笑って聞き流し、カーステレオで音楽を流す。大音量で流れてくるのは、いつもとおなじくビートルズだ。パパがへたな英語で歌いだすと、ママも鼻歌でノってくる。パパとママはちっとも変わっていない。雅樹はもう詩織に甘えてこず、所在なさそうに、外の景色を眺めていた。

荷物をホテルに置いて、タクシーでワイナリーへ向かった。到着すると、伯母夫婦たちがすでにオープンテラスを陣取っている。バーベキュー場は、古びた建物だったが活気があり、見晴らしがよかった。卓上には炭火と七輪が設置されていて、石造りの手すりまで近づくと、下のいとこ夫婦の子どもたちが丘を駆けまわっているのがみえた。

「詩織ちゃんたちは、こっちにおいで」そう言って、下のいとこが席をすすめる。詩織はママの隣に、雅樹もその隣に腰掛けた。

すると「おいおい、子どもは子ども同士だよ」上のいとこが雅樹を手招きした。「ウチの娘たちがちゃーんとお相手するからさ」と視線でうながす。

視線のさきをたどると、上のいとこの娘たちは、すっかり大きくなっていた。聞けば十七歳と十六歳だという。姉妹は子ども席の給仕係を請けおってくれるようで、雅樹は気後れしたようすで詩織をみたが、あきらめて子ども席に座った。

「肉だけじゃなく、野菜も食わせろよ」上のいとこは娘たちに言いつけて、自分は大人席の給仕をはじめた。

忙しく働きまわる上のいとこはプロのシェフだ。夫婦で洋食屋を切り盛りしている。いまや都内随一のオムレツの名店だった。伯母夫婦の隣に座っている下のいとこは夫婦とも教師だった。上のいとこには伯母譲りの面倒見のよさがあり、下のいとこは伯父譲りの秀才で、兄弟はすっぱり産み分けられている。みんな伯母夫婦の近所に住んでいて、いとこ同士にあたる子どもたちを、兄弟同然に育てていた。

子ども席をみやると、下のいとこの子どもたち――七歳男児と三歳女児は、遠目から雅樹を物珍しそうに観察していた。雅樹は馴染めず浮き島のようになっている。詩織が気を揉んでいると、ふいに太朗くんを抱いた加奈さんがあらわれて、雅樹の隣に座った。会話は聞きとれないが、加奈さんが話しかけ、雅樹がぽつぽつと受け答えしているのをみて、詩織は彼女が保育士だったことを思い出した。

はじめの挨拶はパパがした。「三年ぶりに詩織と雅樹が顔をみせてくれたので、我が家もずいぶんそろいました。今日はおおいに楽しみましょう。乾杯！」

一斉に拍手が起きて、弟が「ピーッ！」と指笛を吹く。負けじといとこたちも指笛を吹く。甲高いその音に釣られ、わけもわからず子どもたちが歓声をあげる。店内がサッカー競技場のような騒ぎとなり、みんな大声で笑ったが、よその客からにらまれた。誰彼となくグラスをあわせ、詩織は喜んでいるふりをしていたが、自分を部外者のようにもかんじていた。こうやって歓待されるのは、私が家族の一員ではないからだ。詩織と雅樹に拍手を送り、子どもたちの相手もし、男性陣をたしなめる目でみている弟嫁の加奈さんのほうが、自分よりもよっぽど藤原家の身内のようだと、詩織は少しいらだった。だが、そんなわだかまりも、肉を焼き、野菜を焼き、ワイン代わりのぶどうジュースを舐め、熱々のソーセージを頬張っていると、いつのまにか吹き飛んでいた。

新緑のまばゆさ、山の気高さ、風薫る季節。

ひさしく忘れていたが、詩織の心は躍動していた。ママもパパも、詩織にはなにも詮索してこない。パパは最近はじめたテニスの話をし、ママはここのところ観た映画の寸評を述べる。弟はセレクトショップの売り上げが伸びないと悩みを語り、伯母はそれに真剣に耳を傾ける。伯父は下のいとこ夫婦とジャズの話に興じ、上のいとこの娘たちは携帯電話をいじっている。下のいとこの子どもたちと雅樹、加奈さんと太朗くんは、丘へと移動して遊んでいるようだった。デザートのアイスクリームを食べ終えると、雅樹は詩織の隣へやってきた。ぴたりと身をよせて、詩織の顔をみつめた。

「具合悪いの?」詩織は訊いた。

「ううん」雅樹は答えた。

「太朗くん、可愛かった?」詩織が訊くと、

「うん」雅樹がうなずく。

「あのね、詩織ちゃん。お腹に触ってもいい?」開放的な雰囲気に影響されたのか、雅樹にしては素直な調子で、そう訊ねた。

「もちろん」詩織はこみあげてくる嬉しさを押し隠し、自分の腹を突きだした。雅樹は小さな掌を載せる。十秒ほどそうしていたが、小首を傾げたあと掌を外した。

「赤ちゃんが生まれたら、詩織ちゃん、どっか行っちゃうの?」雅樹が訊ねた。

「……そんなこと……あるわけないでしょ」思いがけない質問に絶句しかけたが、かろうじて詩織は答えた。

「どうして……?」詩織が訊くと、

「お母ちゃまが、そう言ってたから」もごもごと雅樹は答えた。

「そう言ってたって？」

「詩織ちゃんは子どもが嫌いだから、今度こそみんなを捨てて、どっかへ行っちゃうでしょうねって」気まずそうに雅樹は言って「詩織ちゃんはワガママだけど、雅樹くんにはお母ちゃまがいるから、なーんにも心配ないわって」と続けた。

　雅樹の話を聞き終えずとも、詩織の怒りは頂点に達していた。それを瞬時に鎮《しず》めたのは、ほかでもない。ママだった。

「詩織ちゃん、赤ちゃんがいるの？」ママははっと息を吸いこんだ。指で唇をおさえて、大きな瞳に涙をいっぱいにためている。

「そうなのか？　すごいな、おめでとう！」パパが身を乗りだし、詩織を抱擁した。次いで雅樹を抱きしめて、雅樹の耳たぶは真っ赤になった。

　またしても拍手喝采。藤原家は一気に祝福ムードに包まれた。おもむろに、伯母夫婦が詩織に乾杯を求める。下のいとこ夫婦が席を移動し、詩織に予定日や出産法を訊ねてくる。弟と加奈さんと太朗くんが、詩織と雅樹のそばに立つ。弟は「姉さん、やるねえ」と笑い、加奈さんは「おめでとうございます」とほほ笑んだ。そこに、上のいとこ夫婦が厨房からプレートを運んでくる。

「即席だけどね」と上のいとこが笑みをみせる。大きな皿にはショートケーキが載っていて、陶器の部分にクランベリーソースとあんずのソースで、天使たちの絵が描かれ、ケーキに添えられた板チョコには『ウエルカム・ベイビー』と筆記体で書いてある。上のいとこの娘たちが、丘で摘んだ野花の花束を、詩織と雅樹に差しだした。そのシーンを写真に収めようと、みんなが携帯電話をかざし、即席の撮影会がはじまる。詩織は耳の付け根が痛くなるくらい笑顔をこしらえ続けた。

あたりはしだいに蒼へと移ろい、山頂には薄桃色の雲がたなびく。空の高みに星々が光り、日没とともに肌寒さをかんじはじめたので、会はそこでお開きとなった。

ホテルへ戻るタクシーの中でママは言った。

「赤ちゃんが男の子なら雅樹と遊べるし、これだけ年齢が離れていたら、裕樹にもお兄ちゃんらしさが芽生えるでしょう。でも女の子だったら……女の子だったら……詩織ちゃんには女の子がひとりいたら素晴らしいわ。絶対に、どんなときも、なにがあっても、あなたの味方をしてくれるはずだから」と。

その言葉は詩織に響いた。深々と、そして、かなしく。

もし赤ちゃんが娘だったとしたら、紀子にあげてしまうだなんて、とてもできそうにない。お腹の子の性別はまだわからなかったが、詩織の意志ははじめてかすかに揺らいでいた。

翌朝、詩織が雅樹を連れて一階のレストランへ行くと、ママとパパがすでに朝食をとっていた。

「おはよう。よく休めた?」ママは言って、

「そっちに行ってもいい?」詩織は訊ねた。

「いいに決まってるじゃない。おかしなこと訊かないで」ママは雅樹を手招きし、自分の隣に座

らせてくれたので、詩織はビュッフェに向かった。

二人分の卵料理とベーコン、サラダ、クロワッサンを皿に盛り付け、ジャムと果物とヨーグルト、ジュースもお盆に載せる。席に着くと、パパはまぶしそうに目を細めて、詩織をみた。雅樹は眠たげな顔つきをしている。ぐずぐずとフォークを手にし、詩織は雅樹の膝にナプキンを広げた。

「ママ、別荘の鍵って、もってる?」詩織は訊ねた。

「今日はもってないけど、どうして?」ママは言った。

「うん。ちょっと遊びにいきたいなと思って」

「あそこもね、半年に一度くらいかな、パパとふたりでお掃除しにいくだけで、ぜんぜん使ってないから、だいぶボロ家になっちゃってるわよ」

「そっか。でも、いいの。いいかな?」

「……そりゃあ、もちろん、いいけど」ママは『へんな子ね』とでも言いたげに、詩織をみた。

詩織は懐かしさに泣きたくなった。いつだってママは理由を問いただしたりしない。その代わり、この表情をしてみせるのだ。眉をついともちあげて、唇をゆるく尖らせ、私をみつめる。まっすぐな眼差しで『自分で責任とれるのね?』と語りかけるかのように。ママから目をそらせずにいると、ふいに弟の声がした。

「よう、おはよう」ふり返ると、背後に加奈さんと太朗くんが立っていた。「こっちのテーブル、今日はいっぱいだね。いいこっちゃ。俺たちはあっちに座るか」弟は加奈さんに言って、加奈さんは「おはようございます」とママに会釈した。

「ねえ。加奈さん、あの別荘、詩織ちゃんが欲しいんですって。あげちゃってもいいかしら？」唐突にママは訊ねた。

「え？　はい。どうぞ」すんなりと加奈さんは答えた。

どうしてママが加奈さんに許可をとるの？　詩織は疑問に思った。腹立ちよりも、傷ついた気持ちのほうが、はるかに勝っていた。ママの娘はもう私じゃない。加奈さんひとりなのだと、はっきりかんじた。弟たちが去っていくと、ママは詩織に向き直った。

「いいって。よかったわね」悪びれたようすもなくママは言う。

「待ってよ、ママ。私は『鍵を借りたい』って言っただけでしょ。そんな『別荘が欲しい』なんて言ってない」詩織はひどく頑《かたくな》な表情になっているのが自分でわかった。

「そうねえ。そうなんだけど、でも『できたら欲しいな』って顔してたわよ」ママは肩をすくめた。「なにか困ってるんでしょう。あなたの役に立ちたいの」

「あそこが詩織のものになれば、俺たちも詩織に会いやすくなるな」パパが笑って、

「別荘の鍵は、来週、届けてあげようか？」ママはほほ笑み、

「ううん。送って。郵送で」詩織は憮然とした。

爽やかな朝にふさわしくない、鋭い沈黙が、詩織とママを覆い尽くした。パパはコーヒーをとりにいき、雅樹は『詩織ちゃんがいると雰囲気が悪くなること』に場慣れしているせいか平然としていた。食事も終わる頃、ママは思いつめた表情で切りだした。

「詩織ちゃん。赤ちゃんも生まれるんだし、雅樹と裕樹も連れて、私たちの家に帰ってきてみた

ら？　改築はこれからだから、詩織ちゃんと子どもたちの部屋を作ることもできるわ。私もいるし、パパも元気だし、気遣いのいらないもの同士、みんなでわいわい子育てできたら、そんなしあわせなことないんじゃない？」

それこそ加奈さんにおうかがいをたててからのほうがいいと思うけど？　詩織は突っかかりかけたが、ママの懸命さに押されて、ただ首を横にふった。

「大丈夫」詩織は言った。

たとえ離婚することになったとしても、居場所を失った実家に出戻るだなんて、詩織のプライドが許さなかった。だが、ママのそのアイデア――気遣いのいらないもの同士、みんなで子育てできたら、そんなしあわせなことないんじゃない？――は、詩織の考えを変えていく、小さな種となっていた。

5

六月二十日。詩織の出産予定日は十月二十四日なので、なんらかの事情で妊娠が中断された場合、この日を境に『流産』から『早産』へと移行する。

妊娠二十二週目までの『切迫流産』は、赤ちゃん側に問題があったり、母親の子宮筋腫なども原因になる。しかし以降は『切迫早産』となり、原因はさまざまだが、母子ともに分娩の状況となってしまうこと、現代医療の発達で子の命が存続しやすいことを考慮すると、妊娠五ヶ月半を迎えるまえ、まだ『流産』として扱われる時期に、詩織としては物事を済ませておきたかった。

体調は万全だった。眠気、頻尿、便秘、乳房の張り、食欲増進、情緒不安。不快な症状はあとを絶たないが、妊婦としては順調だ。お腹はじき膨らみをみせはじめる。これらの症状に加えて、このさきは腰痛やこむらがえりに悩まされるが、胎動をかんじたり、子の性別も判明する。快適とはいかないまでも、安定期に突入してしまえば、いくらかすごしやすくなることを、経験上知っていた。

「流産の原因は子宮筋腫」にしようと、詩織は考えた。実際、詩織には子宮筋腫があった。妊婦検診のとき、産婦人科で説明を受けたのは「子宮筋腫は、三十歳以上の女性の二十〜三十パーセントがもっていて、米粒くらいの筋腫まで含めれば、日本人女性のほとんどがもっているといってもよいほど頻度の高い病気」だそうだ。詩織の筋腫は三センチで、とくに心配ないが、産後は倍かそれ以上に大きくなると言われた。調べてみると、子宮筋腫のせいで腹部がぽっこりと膨らみ、まるで妊娠しているような体型になることもあるらしく、今回の作戦にはうってつけだった。

また『流産』は早期であれば当日に帰宅させられるそうだが、中期以降は入院や絶対安静を余儀なくされる。詩織は後者を設定し、都内のホテルを予約した。家族が病院へ見舞いにきたりしないよう、徹が地方へ出張していて、姑にも用事があり、裕樹と雅樹は登校しなければならない一日……。

それは六月八日の月曜日だった。徹は本社で会議を終えたあと、地方へ出張し二泊することになっている。姑は裕樹と雅樹の保護者会をはしごする予定になっていて、午後じゅう、学校へ出向いている。姑は保護者会が好きだ。詩織も何度か出席したが、自分が異様に目立ってしまうのがわかったし、母親同士の会話というのも結局は腹の探りあいで、どうにも肌があわない。難関小学校に入れても競争が終わったわけではなく、むしろ入学後のほうが、いっそう熾烈なバトルが繰り広げられていた。だが、姑にはそれが心地よいのだろう。塾の評判、先生の噂、附属中学よりも上を狙うための受験対策など、よその母親に根掘り葉掘り聞いてきては、情報を掻き集めていた。姑に言わせれば「よそのお母さまとおしゃべりできると刺激になって若返るわ」だそうで、保護者会は、アンチエイジングの絶好のチャンスらしかった。

当日、裕樹と雅樹は登校し、徹が出勤したあと、姑は午後の保護者会に備えてサロンへでかけた。詩織は外泊の支度をした。クレジットカード、アメニティセット、下着、読みかけの文庫本、二冊の母子手帳。バスタオルもボストンバッグに押しこむ。文庫本はやはりやめて、携帯電話の充電器をプラスした。ラフで地味な色合いのワンピースを着、化粧はしない。姑には「紀子と会ってくる」と伝えてある。裕樹の塾と、雅樹のピアノの送り迎え、夕飯の支度も任せてあった。その後、午後六時には紀子がホテルの部屋を訪ねてくる。詩織とともに一泊していき、明日は休みをとって貰った。

午後二時三十分、保護者会がはじまる時間を待って、詩織は姑の携帯電話にメッセージを残した。「もしもし、お母ちゃま? 詩織です。いま紀子とお食事してたんですけど、ちょっと出血してきちゃって、これから病院に行ってきます。紀子がついてくれるので心配ないです。また電話します。裕樹と雅樹をお願いします」

自分で用意しておいた言い分を声にしてみたら不自然さをかんじた。詩織はボストンバッグをやめて、アメニティや下着もやめにした。ハンドバッグにクレジットカードと二冊の母子手帳を入れ、外出用の色鮮やかなワンピースに着替えて、化粧もする。これで疑われるところはないだろうか。確認しながら戸締まりをし、おもてへ出た。

ホテルの部屋に着くと、詩織は作戦を点検した。姑はおそらく、保護者会が終わってからメッセージを聞く。それが午後四時三十分。しつこく訊ねられたが産婦人科の電話番号は教えていないので、すぐに詩織へ折り返してくるかもしれない。だが、裕樹と雅樹の送り迎えに急《せ》きたてられる時間帯でもあり、一段落着くのは午後五時三十分だ。紀子がくるのが午後六時。ここは紀子に受け答えして貰ったほうがベターだろう。

考えをまとめて、詩織は大きなベッドに横たわる。六階の窓から望める街並、鈍色《にびいろ》の雨雲、濡れそぼった景色も、詩織の心情と一致していた。果てしない倦怠感。恐怖心や緊張感、罪悪感はまったくかんじない。いくつかの疑問がシャボン玉のように浮上しては、ふわんふわんと宙をさまよい、眠気の水面で弾けていく。たとえば紀子――妊娠以降、彼女が浩二とうまくいっているようにみえるのは、どういうわけか。それからママ――私の姑は暴君なのに、なぜあれほど加奈さんを気遣うのだろう。そうして徹――いままさに流産しかかっている非常事態だというのに、私は夫に連絡しないだなんて。ふつうはまっさきに夫に電話し、夫も駆けつけるのだろうに……。と、そこで詩織は眠りに落ちた。

紀子の来訪で、詩織は目覚めた。携帯電話をみると、案の定、姑からの着信が二件あった。備え付けのメモとペンを手にとり、詩織はシナリオを書き付ける。紀子ははじめ嫌がったが、いつものように諭し、メモを渡して姑に電話をかけさせた。

「もしもし。わたしは高橋紀子といいます。いつも詩織さんにはお世話になっております。いま病院におりまして、詩織さんは眠っていますので、代わりにお電話を差しあげました。『かわいそうに』詩織さんは切迫流産になってしまって……夕方四時頃でしたか、先生に処置をしていただきました。今日は入院になりますが、明日はわたしが付き添ってご自宅までお送りしますので、どうかご安心ください。それよりも、詩織は裕樹くんと雅樹くんのことを気にしていて、お義母さまにくれぐれもお願いするよう言い付かっております。立派なお義母さまだから、きっとなんとかしてくれるって『泣きながら』言っていました」

耳に携帯電話を押しつけ、紀子はメモを読みながら、ぐすぐすと泣きだしていた。すべて読み終えると、傍目にもわかる間合いで一方的に電話を切った。やりすぎの感は否めなかったが、紀子の無自覚な押しだしの強さに感心もしていた。

「ねえ、私は『かわいそうに』はメモに書いてないんですけど」詩織は苦笑した。

「ごめん。だって『かわいそう』だったから……」紀子は洟《はな》をかんだ。

「あと『泣きながら』も書いてないでしょ」

「ふつうは『泣きながら』なんじゃない？　わたしだって泣けてくるんだから」

「ちゃんとやってよ」

「ごめんなさい……」

「まあ、いっか。お腹空いたね」詩織が言って、紀子はうなずいた。

窓の向こうでは夜の雨が激しく降っている。ルームサービスを注文し、代わりばんこにシャワーを浴びる。備え付けのガウンを着ると冷えたので、紀子にお使いを頼み、量販店で安物のワンピースを買ってきて貰った。楽な恰好に着替えてから、詩織と紀子はミネラルウォーターで祝杯をあげた。たっぷりのサラダとチキンのサンドイッチ、蟹のトマトクリームパスタをシェアして食べた。二週間ぶりに会う紀子はすこぶる元気そうだった。教習所通いがきついのか、少し痩せていたが、お腹だけ妙に出っ張っている。下腹部が隆起し、ガウンの布地を突き上げているのを奇妙に思い、詩織は訊ねた。

「お腹どうしたの？」

「なんかへんかな？」

「へんっていうか、出っ張ってるから」

「だって赤ちゃんがいるんだもの」紀子は笑った。「実は生理も止まって、つわりもあったの。おっぱいも、ほら。こんなにパンパンになっちゃった」

ぐいっとガウンの胸元を開き、紀子は詩織に乳房をみせた。乳房は妊婦そのものだ。乳輪も肥大し、乳首も大きくなっている。紀子は想像妊娠していたのだった。

「……そっか……」紀子を不気味にかんじたが、相手は親友だ。傷つけてはいけない。けどられないよう慎重に詩織はうなずいた。

「わたしのデカイおっぱい、浩二が気に入っちゃって」得意げに紀子が言う。

「……そう。じゃあ、お腹も……？」

「お腹はね、ここに妊娠線ができちゃったから気に入らないみたい」ガウンをめくってお腹をだし、おへその下あたりにできた皮膚のひび割れをみせてくる。

たしかに、紀子のその線は、妊娠でもできるが激太りでもできる肉割れというものだった。それにしても、このお腹の出っ張りよう。いくらなんでも大きすぎだ。詩織の脳裏に一抹の不安がよぎる。むかしから紀子は従順だが、お利口とはいえない。客観性に乏しすぎて扱いにくい面もあるのだ。

「……でも、まだ早くない？」詩織は暗に警告した。

「え？　早いって……？」

「紀子のお腹だと……妊娠八ヶ月くらいの大きさかな」詩織が紀子のお腹を触ると、かたちはおなじでも妊娠のそれとは違って、どこかだぶついた感触だった。

「ええ――っ!!」紀子はのけぞった。思いきり。

ほらね、やっぱり。詩織はおかしな優越感に浸った。妊婦なら、そこまでお腹が大きくなっていたら、張ってきてしまうので、そんなふうにはのけぞれないものだ。

「気をつけてね」詩織はほほ笑む。いつものように。

「……はい……」反省した面持ちで紀子が言って、詩織はようやく気が済んだ。

梅雨時だけに、朝から雨がどしゃ降りだった。チェックアウトをし、詩織と紀子はタクシーで、自宅へ向かった。詩織はすっぴんで、ゆうべのワンピース姿のまま、万が一に備え、股間にはコンビニで買った夜型ナプキンを当てておいた。姑の目さえ騙《だま》せれば、徹も裕樹も雅樹も敵ではない。正念場だった。

これまでだって詩織は嘘を吐いて生きてきた。小さいのを、たくさん。他人の要求に応えるため、自己保身のため、大事なひとを傷つけないため、笑みをこしらえ、愛想をふりまき、きれいごとを言ってきた。だが、今回ほど大きな嘘は吐いたことがない。一方で、他人に本心をみせないことで生き抜いてきた詩織に、秘密はあった。ママにも、紀子にも、徹にも、息子たちにでさえ。でも秘密は秘密だ。秘密には罪がない。しかし嘘は罪深い。罪だとしたら、どんな罰を受けるのだろう。答えをみつけられないまま、タクシーは自宅に到着した。紀子とともに降車する。

玄関のドアを開けると、二階でどたばたと足音がし、姑が階段を駆け降りてきた。

「……私の赤ちゃんは……？　赤ちゃんは、どこ……?!」と、姑が泣き叫ぶ。

姑の芝居がかった嗚咽、とり乱しているわりにこぎれいな紫色のワンピースを着、ファンデーションは濃くはたかれている。紀子を観客にみたて、詩織は悪者、姑がヒロインとして君臨する、この醜悪な『姑劇場』を、どうしたものか。詩織は沈黙を貫いた。ところが紀子は、姑をはるかに上回る滂沱《ぼうだ》の涙を流していた。

「……えっ……えっ……おえーっ……」突然、紀子が吐きかけた。

「違うんです。わたしがダメだったから……もっと早く気づいてあげられてれば……わたしはいつも詩織に頼ってばっかりで、わたし、ほんとにダメな女なんです。ずっとそうだったから……ほんとにダメだったから。だから、いちばん苦しんでるのは詩織なんです。詩織はやさしすぎるんです……赤ちゃん、ですよね?……赤ちゃんさえいればばって思います……わたしだって思います。でも、ほんとに……ごめんなさい……わたしも赤ちゃんが欲しいんです! 赤ちゃんが欲しいんですぅ……!!」と紀子は泣き崩れた。雨に濡れた玄関で、頭をタイルに打ちつけて、たたきに土下座していた。

赤ちゃん、というセリフを連呼しながら泣きわめき、額に血を滲ませている、親友という名の巨体の妊婦。それをみて姑は怯えた顔つきになった。一瞬にして『姑劇場』は『紀子劇場』に乗っとられたのだ。詩織は姑を無視し、黙ったまま、二階の寝室へ向かう。紀子もなぜだか寝室へついてくる。寝室のドアを閉めると、紀子はけろりと泣きやんだ。笑みをみせて、紀子が身ぶりでハイタッチを求めてくる。詩織はとりあえず応じたが、紀子と姑はおなじ類の人間かもしれないと、空恐ろしさをかんじていた。

あれ以来、姑は詩織を責めてこない。紀子という人間に、姑が畏怖の念を抱いているのが、詩織にもわかった。

姑から「流産だった」と報告を受けた徹は、詩織と顔をあわせると、嘆きたいのだか笑いたいのだか、よくわからない中途半端な表情で「とりあえず、よかったよ。もう子どもはキツいなと思ってたから」と言った。裕樹は我関せずで無視し、雅樹はほっとしているようだった。流産に対する夫と息子たちの冷たい反応は、詩織にとって、もっとも厳しい試練となった。

七月になり、詩織はふさぎこんだ。鬱といってもよいような、自分でも理由のわからないふさぎこみかただった。産婦人科には通っていた。「買い物にいく」と口実を設け、紀子名義の母子手帳をもって。赤ちゃんのための散歩と、紀子への電話も欠かさなかったが、ほかのことをする気力がない。姑も徹も詩織を腫れ物扱いし、裕樹の関心は家族になく、たまに雅樹の視線をかんじることはあったが、詩織にはなにも読みとれなかった。

夏休みに入ると、去年とおなじく、息子たちは離れていった。塾の合宿、イングリッシュ・サマースクール、学校行事の臨海合宿。ピアノやスイミングのお稽古事に追われながらも、相変わらず、裕樹はゲームが好きで、雅樹は虫を殺していた。姑には凪《なぎ》が訪れていた。流産する嫁は女として失格だという烙印を押したのだろう。息子たちの面倒をよりいっそう熱心にみることで自尊心を保ってるようだった。

ママに電話したのは、八月頭。別荘の鍵を郵送して貰っていたが、そのお礼もしていなかったし、詩織には報告の義務があると思っていた。詩織は恐れていた。流産したと聞いたママに泣かれてしまうことを。だが、ママは泣かなかった。

「そう……それは大変だったわね……身体は大丈夫なの？　そっちに行こうか？　少し帰ってきたら？　でもいいのよ。詩織のいいようにするのがいいわ。私になにかできることがあれば、いつでも連絡してちょうだいね」と慰めてくれた。

電話を切ったあと、はじめて詩織は少し泣いた。流産したわけでもないのに、したも同然な痛みをかんじていた。しかし感傷的な気分は持続しなかった。ママは私の人生にはもういない。姑の顔をみれば即座に現実に引き戻された。
現実——それこそが、夏のあいだ一秒毎に、詩織を深く傷つけていた。薄々わかっていたことだが、ここまで自分が『家族から必要とされていない』とは思っていなかった。詩織が用意した言い訳——流産の原因は子宮筋腫で、そのせいで腹部が膨張しているという嘘すら、いまだに需要がない。誰もなにも訊ねてこない。誰も私を知ろうとしない。誰も私の身体に触れない。いま私のお腹には子どもがいるというのに……！　絶望を打ち消すと同時に、暗い悦びがわきあがる。詩織の秘密は、心の傷を癒しはしないが、現実に立ち向かう勇気を与えていた。

6

教習所で、紀子は毎回、教官から罵倒されていた。大概の罵倒には耐性のある紀子であったから、そのくらいは屁《へ》でもない。紀子は教習すべての段階を二回ずつやらされ、一発合格は一度もなかったが、かえって達成感がある。むしろ「自動車運転は、けっこう自分に向いているな」と根拠のない自信をつけていた。

九月半ば。紀子は五ヶ月間で運転免許を取得した。詩織に口止めされていたが、浩二には話した。なにせ詩織からのお祝いなのだし、降ってわいたような幸運を自慢しないではいられない。浩二にしあわせを分けてあげたい気持ちもあった。

「詩織がね、わたしたちのお祝いに、自分がお金を払ってあげるから自動車運転免許を取得するべきだって。でね、車も買ってくれるんだって」紀子が言うと、

「藤原さん、いいヤツだなあ」浩二はやっぱりよろこんでくれた。

「俺の車かあ……やべえ。夢みたいだ。うわあ、なににしよっかなあ」と、購入して貰う車種についで考える浩二は楽しそうで、紀子は嬉しかった。

浩二は赤ちゃんの誕生を心待ちにしていた。毎日ガソリンスタンドで働き、子どもの名前を考えたり、紀子のお腹に掌を添えたり、お腹に唇を当てて「おーい、チビすけ。俺が親父だぞー」と話しかけたり、耳をくっつけて胎動を聞いたり……。浩二の聞いている胎動が、仮に紀子の腸がグルグルいう音だったとしても、それがいったい、なんだというのだ。浩二が酒に溺れたこと、ヒモ同然のクソやろうだったこと、ひどい暴力をふるったことも、ぜんぶ帳消しにできるほど、紀子はしあわせだった。

妊娠してからというもの、パートさんたちが味方についてくれているので、小谷の嫌がらせも収まっている。遅刻した小谷のタイムカードを押してやるくらい、紀子にはなんでもない。会社に出産休暇と育児休暇の申請もして、準備はほぼととのっていた。

準備はしかし、まだひとつだけ、終わっていない。どうにも手がつけられない宿題がある。それは紀子の母だった。

詩織からは「今回、紀子は『里帰り出産』することにしてね。『里帰り出産』っていうのは、自分の実家に帰って、ふだん検診を受けている産婦人科じゃない地元の医院や助産師に、赤ちゃ

んをとりあげて貰うことをいうの。働いているひとは出産予定日の一ヶ月前から産休をとって、実家で産気づくのを待つみたい。紀子の場合は、私の別荘で出産するわけだから、ご実家じゃなく、別荘にきて欲しいわけ。私は九月二十六日から行くつもり。それにあわせて紀子もきてね。別荘にくるまえに、ご実家に連絡して、お母さんに話しておくことはとくに大事。忘れないでよ。お母さんが『実家に帰って出産しなさい』って、ごねはじめたら、おじゃんだからね」と、きつく言い渡されていた。

だが、紀子は母と連絡をとっていなかった。母はいまもドラッグストア店長の男とS県で暮らしているのだろうか。生きているのだろうか。しあわせだろうか。

そんなこと、どうだっていい!!

紀子にはそうとしか思えない。紀子は母のような母親にはなりたくないと、あらためて痛感した。では、どんな母親になればよいのか。紀子は手本を知らなかった。ふと「詩織だ」と直観した。詩織は理想の女性で、理想の母親でもある。だとしたら、あんな母に電話をする意味がない。連絡をとったところで、偽りだと丸わかりの見栄を張られ、愚痴を聞かされ、さんざん「親不孝な娘だ」と嫌味を言われた挙げ句、お金の無心をされるのが関の山だろう。縁を切るのはこうもたやすい。なぜなら、わたしは生まれ変わるのだ。生き直すのだ。赤ちゃんという奇跡は、わたし自身がつかんだ幸運なのだから。生まれ変わる紀子に、産みの母は不要だった。

突破——紀子と詩織

1

むかしから、当初の目的を忘れることが、紀子にはままあった。

最近の例だと「休憩時間に、請求書の封を切るためハサミを探していたら、ふと雑誌が目について、ページをパラパラめくっていると広告——『一粒でスーッ。二週間ダイエット！』と謳う便秘薬が気になった。それをネットで検索してみたら、偶然タイムセール中だったので、いつもの癖でお菓子のページに飛んでいき、余裕もないのにいらぬモノ——『三袋買えば半額に！　型崩れ・お買い得品。歌舞伎揚げ』を注文してしまった。散財への後悔はしても、はじめのきっかけなどとうに失念していて、数日後、パートの河合さんから『〇〇精肉さんへの支払いがまた遅くて、先方はカンカンに怒ってるよ！』と注意されたところで、なぜそういうことになっているのか思い当たらない。とばっちりを受けたような気分で、紀子は請求書の封を切ったのだが、ちょっとしたデジャブの感覚がかすめるだけで、そのまま丸ごと忘れ去る」ということがあった。

大なり小なり、誰しも一度くらいは経験するような失敗だが、紀子はひとの何倍もそれが多い。紀子の場合、途中で我に返らない特徴もあった。

だから『出産のため詩織の別荘に一ヶ月間滞在すること』を浩二に話さなければならなくなったとき、紀子は吐き気をもよおした。自分がなにに直面させられているのかが、どうにもわからなくて。すべて順風満帆、しあわせの絶頂。わたしは妊娠しているし、浩二はまじめで、とてもやさしい。あと少し経てば待ちに待った赤ちゃんがやってくる。それなのに『一ヶ月間も浩二と離れて暮らす』なんて、さっぱり意味がわからない。

それとなく詩織に訴えてみると、

「じゃあ、その赤ちゃんを、あなたは誰が産むと思うの？」と訊き返された。

「………」紀子は返事に窮してしまった。詩織はめったに怒らないが、たまにキレるとあなたと呼ぶのだ。

「ねえ。あなたが『里帰り出産』するんでしょう？　違う？　産休にはいったら、あなたが『実家に帰って、地元の病院で産む』んだよ？　そういうのが『一般的』なわけ。そのときのために『お母さんに話をつけといて』って、私はすでに言ってあるよね？」

「……はい……」こんがらかりつつも紀子は答えた。

そんなわけで浩二を説き伏せるのには苦労がいった。自分が理解していない物事を、他人に理解させるのは、とてつもなく難しい。しかし今回は紀子が無知だったことが幸いしたのか、詩織の言葉を借りて『里帰り出産』と『一般的』と『実家のお母さん』をひたすら繰り返すことで、かえって妙な説得力をもち、浩二も無知さゆえ納得した。浩二があとほんのちょっとでも進歩的な男だったら、こうはいかなかっただろう。

また浩二の狭量さも助けになった。浩二は一度だけ会ったことのある義母——紀子の母親を嫌っていた。浩二からしてみれば『あの色キチババアのいる実家に、紀子とともに滞在して、出産まで一ヶ月間もつきあう』のは、ごめんだった。紀子はまだ言いだしてこないので助かっているが『立ち会い出産』も、おっかなくて嫌だった。内情はいっさい語らず「俺は仕事があるしコッチにいるよ。せっかくだから、ゆっくりしてくればいいじゃん。産気づいたらすぐ行くから連絡しろよ」と浩二は自分を正当化したのだった。

紀子は産休をとるにあたって、河合さんをはじめパートさんたちからは「いつまでもボーッとしてないで、もっとシャッキリしなさい！　こんなんじゃ元気な赤ちゃん産めないわよ！」と叱咤激励された。小谷には「あんたが休んでいるあいだに、ウチは正社員の座を貰うつもりでいるから。あんたもこれでクビだろうね。ザマアミロってかんじ？」などと言われたが、紀子は気にするゆとりもなかった。

なにしろ、お腹が大きく重たくて、なにをするにも大変だった。妊娠九ヶ月。以前と比べて顔や手足は痩せたのだが、体重はほぼ変わっていない。詩織が言うのとおなじく、お腹の張り、頻尿、便秘に加え、手足のむくみ、動悸や息切れ、不眠もはじまっていた。

九月二十九日、紀子は朝いちばんで特急電車に乗り、詩織の待つ別荘に向かった。終点でローカル線に乗り換えて一時間。駅からバスで三十分。スキー場のそばにある別荘地に降り立ち、地図を頼りに歩いた。山道を十分ほどいくと、林道沿いに建ち並ぶ古いログハウスがみえる。そのうちの一軒に「FUJIWARA」という表札をみつけて、ポスト脇のインターホンを押してみる。すると玄関ドアが開き、笑顔の詩織が出迎えた。

「さみしかったあ！」詩織は叫んだ。ふざけているのだ。

「ごめんね、遅くなっちゃって」紀子は駆けよった。

中学時代のようにギュッと抱きしめあいたかったが、互いの腹が邪魔だった。自分の腕を詩織の腕に絡ませて、別荘の中に入る。室内は雑然としていたが、リビングには暖炉があり、ホットミルクの匂いがした。荷物をほどく紀子の傍らで、詩織はここでの生活法を教えてくれた――近くのスキー場にスーパーがあり、恐ろしく品薄ではあるが、食料品と日用品は宅配してくれること。産婦人科も併設している総合病院は車で一時間かかること。スキー場の周辺には有名な蕎麦屋や美味しいレストランもなくはないが、いまはシーズンオフで閉まっていること。

「ここのスキー場はね、私が子どもだった頃、ママたちと毎年きていたの。バス停のまわりなんて原宿みたいだったのに、すっかり廃《すた》れちゃって……」詩織はそう言って、熱い紅茶を淹《い》れてくれた。

「とにかく明日は中古車を買いにいこうね」「明後日は美術館がいいかな」「できたら週末は町までクラシックコンサートを聴きにいきたいの」

小鳥のさえずりみたいな詩織のおしゃべりに相槌を打って、紀子はソファに座った。窓の向こうに、白樺の林がみえる。九月だというのに空気が冷たい。季節がいちだん進んでいて、とんでもなく寒い。N県は初冬だった。

別荘で暮らしはじめて紀子をビックリさせたことは、ふたつあった。

ひとつめは、詩織は家事がまったくできないことだった。ひとには意外な欠陥があるものだ。それを知った紀子は、幻滅するどころか、母性本能をくすぐられた。紀子は詩織にかいがいしく尽くした。食事の支度をし、買い出しにいき、掃除も洗濯もして、埃だらけの二階や荒れた庭を片付けた。お腹の大きい詩織の足の爪を切ること、むくんだ手足を揉みほぐすこと、不眠気味の詩織に深夜つきあうことも、問題なく楽しい。詩織を最優先し、自分の妊娠は二の次だと、紀子には思えていた。

ふたつめは、浩二の熱愛っぷりだ。これには仰天させられた。

毎晩、紀子は浩二に電話していた。紀子は「今日もお腹の中で赤ちゃんがバタバタしてたよ」などという当たり障りのない報告とともに、実際には『詩織』としたことを『お母さん』と言い換えて話した。「お昼にお蕎麦を茹でたんだけど、うちの『お母さん』がすごい食欲で、一袋じゃあ足りなかったの」とか「ふたりで近所を散歩していたら、よその飼い犬とすれ違ってね。犬に『お母さん』がなつかれちゃって大変だった」とか。一方、浩二はサムくて甘いセリフを連発した。「おまえがいないと生きていけないよ」「赤ん坊は紀子に似てやさしいヤツになるといいな」「俺にとって、おまえは世界一イイ女だって、よくわかったんだ」ほかにもいろいろ……。

滞在一週間目には「いまから顔だけみにいってもいいかな?」と訊かれてしまった。紀子は焦った。「俺は五分で帰るからさ」と続けるので、大至急、頭の中で言い訳を見繕ったが間にあわない。しかたがないので、クチからこぼれでるままに「あの、でも、いま何時だっけ……十時すぎだよね?……もう『お母さん』はお化粧を落としちゃってるし、あのひと今日は機嫌が悪くって。わたしもお風呂に入っちゃったから、湯冷めするのが恐いっていうか……それに『お母さん』の家は浩二のフトンを敷く部屋がないの。だから、お願い。土曜日まで待って。どこかに浩二のフトンを敷けないか『お母さん』に話してみる……ごめん……ごめんね。ほんとに、ごめんなさい」たどたどしく答えた。だが浩二はシラッとしていた。「……てかさ、言ってみただけだから。俺も明日はさすがにムリだよ。早朝シフトだし」と。つまり浩二がほんとうに「いまから実家へ行く」と言っているわけではなく、あれはわりと定番の『愛のセリフ』だったのだと紀子にわかるまで、それ相応の時間が要った。

結婚してからというもの、別々の場所で暮らすのは、夫婦ともに初体験だったのだ。

愛ゆえ紀子は充実していた。浩二からの愛、詩織への愛、そして赤ちゃんとの愛。

紀子は詩織と一緒に大きなベッドで眠り、ゆっくり朝寝をしてから起きる。寒いリビングをあたためて、紀子が朝食の支度をしていると、詩織はやっと起きだしてくる。

「おはよう、ねぼすけさん」紀子が言うと、

「おはよう、あ、いい匂い」詩織が照れる。

ふたりで遅めの朝食をとりながら、今日はなにをしたいのか、詩織が提案してくる。詩織いわく「赤ちゃんが生まれると忙しくなるから、いまのうちたくさん遊びたいの」だそうで、紀子は「家のことがぜんぶ終わってからね」と返しつつも、詩織が喜ぶようにやりくりをした。紀子が家事をこなす午前中は、詩織にとって自由時間だ。はじめのうちこそ寝室にこもって、ストレッチやネットでの調べもの、読書をしたりしていたが、慣れてくるに従って、家事にいそしむ紀子にまとわりついては、他愛もないおしゃべりをしてすごしていた。昼食後は詩織につきあう番だった。紀子の運転で、大概は車で町に出る。ケーキを食べてお茶する日もあれば、映画館に行く日、書店に行く日、美術館に行く日もあり、でも多くの場合、買い物をした。日々の食料品、日用雑貨、衣類、医薬品、赤ちゃん用品もじょじょに買いそろえた。産婦人科にも二度行った。ここで『里帰り出産』することになっている。「詩織は両親を亡くしていて、シングルマザー。紀子はいとこ」という設定だった。妊婦健診を受けた詩織は、医師から安産の太鼓判を押された。付き添った紀子は、診察室で、はじめて『赤ちゃんの心音』を耳にした。お腹にじゃばらのホースを当てて機械を通すと、音が拡大して聞こえる仕組みになっている。トック、トック、トック。小さい生き物ならではの鼓動の速さには身がすくんだが、同時にちから強さもあり、そのリズミカルで神秘的な音色に紀子は魅了された。そうして別荘に戻り、夕方はふたりで散歩した。紀子は夕食の支度にとりかかり、詩織はたっぷり入浴する。詩織が「安産にするにはママの血行をよくしておくのが大事なんだって」と言うのだから、きっとそうなのだろう。のぼせることもなく一時間近くもぬるま湯に浸かっていた。夕飯を終えて、紀子も風呂を済ませると、紀子は浩二に電話をする。そのあとは、毎日が『就寝時刻後の修学旅行』だ。ふたりとも中学生女子同然になって、大きな腹を突きあわせ、向かいあう恰好でベッドに横たわる。羽毛ブトンにくるまって、夜更けまでおしゃべりした。

ある晩は、詩織が「ねえ。いまの紀子の夢って、なあに？」と訊ねてくる。

「夢かあ……わたしのいまの夢は……うん。やっぱ赤ちゃんと暮らすことかな」と紀子ははにかんだ。「詩織は？」

「私？　私は夢はみないタイプだから」ひとに訊ねておきながら、さらっとした調子で詩織は言う。

「えーっ、それ、ずるいーっ」紀子がむくれると、

「ずるくないでしょ。しょうがないじゃん」詩織が笑った。「じゃあさ、紀子のむかしの夢は、なんだったの？」

「むかしの夢はね、もう叶っちゃった」

「なに、なに？」

「うん。いまみたいにね、詩織とずーっと一緒にいられたらなあって思ってた」

「……そうだったの？」驚きと嬉しさを半分ずつ浮かべて、詩織は目を丸くした。

「だけど紀子は、高校をでたあと自分でアパートをみつけてきて、ひとり暮らししてたよね？あの頃、私に『一緒に住もう』なんて言わなかったじゃない？」

「言えないよ、そんなこと。わたしは就職しなくちゃいけなかったし、やってみたい仕事もなく

て、とにかく自信がなかったから。詩織といるときだけが救いだったの」

「……そんな。私、気がつかなくて……」

「でも叶っちゃったでしょ。だから、こんなわたしでも夢みていいんだ、いつかは叶うものなんだって、いまビックリしてるんだ……」紀子が半べそになると、

「大丈夫、大丈夫。このさきも、紀子の夢はぜんぶ叶うよ」詩織が腕を伸ばし、紀子の頭を撫でてくれた。

また別の晩には、紀子が訊ねた。「あのね、詩織の旦那さんって、どんなひと?」

「どんなって……ふつうかな」詩織は渋い顔つきになった。

「ふつう……うん。そうだね……」その顔をみて紀子が質問を引っこめると、詩織はポツポツ語りだした。

「私の旦那は……徹は悪いひとじゃないと思う。自分と似ているところもあるし、現実主義っていうか、調整役に徹するタイプかな。照れ屋で、寡黙で、仕事人間っぽくしているけど、でも実際はどうなんだろうね。仕事もほんとうはそんなに好きじゃなくて、自分のこともあんまり好きじゃなくて、誰のことも好きじゃないのかも。人間が苦手なのかもね。遠慮深いのと臆病なのが、ごっちゃになったようなひと」

旦那さんのことを、こうして詩織が話してくれるのも、合宿めいたこの暮らしの影響だと、紀子にはわかった。しんみりした詩織を元気づけたくて、紀子はあかるくふるまった。「けど、あのさ、人間嫌いだとしても、彼って詩織のことは大好きだよね!」

「……うーん。それは、どうかな……」

「だって、あの『XDAYS』のとき、詩織の旦那さん、スゴかったじゃん？　詩織が望めば毎回一発OKだったんでしょ？　絶倫じゃない？　それってスゴくない？　しかも結婚してもう何年も経ってるのに、あんなに紳士的なんて信じられない。聞いてると、やっぱ王子さまみたいだもん。詩織がきれいで、やさしくて、スッゴク素敵な女の子だから、旦那さんもずーっと詩織を可愛く思っちゃうんだよ、絶対に！」紀子は励ました。全力で。

それを聞いているうちに、詩織は吹きだした。「そんなんじゃないと思うけど、まあ、いっか」と。笑顔をみせてくれたので、紀子もほっとしたのだった。

詩織から「赤ちゃんの名前のことなんだけどね」と切りだされた晩もあった。

「名前は『香織』にしたいの」詩織は言った。「出産まで性別は聞かないつもりなんだけど、もしも赤ちゃんが娘だったら、私の名前から一字とって欲しいなって」

詩織はいつになく深刻な表情で、紀子は思わず気圧された。詩織にはまだ話していなかったが、赤ちゃんの名前は、すでに半年前から浩二があれこれ考えていた。ネットの姓名判断と首っ引きで、浩二は張り切っていた。「父親の俺には赤ん坊なんて産めないから、これくらいはやらせてくれ」と主張し、紀子もそのつもりだったのだ。

「……あの……」赤ちゃんの名前はパパになる浩二につけさせてあげたいの。

と、危うく紀子は打ち明けかけて、すんでのところで呑みこんだ。詩織の顔が、さっきとは打って変わって、恐ろしい。怒っているのとは違う。軽蔑しているのとも違う。氷の彫刻のように透明な無表情で、その真下に、なにか詩織らしからぬ燃えたぎったモノがある。赤黒い炎が目の奥底にチラチラと揺れていた。

「名前は『香織』にして」詩織は命令した。

「……うん……」紀子は従った。

すると詩織は泣きだした。片腕を目頭に押し当てる仕草で、美しい顔をくしゃくしゃにし、子どものように「ウエーン、エーン」と泣き声をあげた。あの恐ろしい形相は微塵もなくなっていた。紀子は詩織の肩を抱いて、涙に震える背中をさすった。

「ありがとう」しゃくりあげながら、詩織はつぶやいた。

「ごめん……」紀子にはわけがわからなかったが、なにも訊ねず、うなずいた。

別荘での日々は濃密だった。これまでの友情——十三歳での出会いから今日に至るまでの二十年間を、たった数日間で凌駕《りょうが》するほど、ふたりは急速に親交を深めていた。詩織は紀子に心を許した。それが紀子の心をどんどん強くした。どんどん、どんどん……。親友同士の、ふたつ並んだ大きなお腹。風船のかたちのその中に、みんなの愛がパンパンにめいっぱい吹きこまれていくかのように、紀子にはかんじられていた。

明日で妊娠四十週目という日の晩だった。ベッドに入るなり、紀子は問われた。「もし、お金がなくなっても、私と一緒にいてくれる?」と。

2

紀子は即答しなかった。詩織はそれがショックだった。

十秒、二十秒、三十秒……一分ほど待ったが、紀子は答えをだしあぐねている。「もし、お金がなくなっても、私を好きでいてくれる？」ほんとうはこう訊ねたかったのだが、そこまでストレートには口にできない詩織であった。

考えこむ紀子をみていると、詩織の胸はちりちりと痛んだ。紀子は困るとすぐに黙る。だんまりのあとはうやむやにして、なんでも自分の都合のいいように解釈するのだ。

そんな紀子にたいして詩織にはしこりがあった。おいそれとは訊ねられない疑惑。というよりも、本来なら訊ねるまでもない疑問。それをたしかめるという行為は、不信感のあらわれでもある。だが、詩織には今日しかない。ここ数日そわそわしている。身体じゅうの毛が逆立つようにかんじるときがあり、睡眠はひどく浅く、無意識のうちに指がにぎにぎと動いている。もうじきだと詩織は予感していた。赤ちゃんが生まれれば、いまのような時間はなくなるし、いくら健康体とはいえ出産は命がけだ。出産前に、どうしてもはっきりさせておかなければならない問題があった。

「赤ちゃんが生まれたら、あの男から逃げる約束だよね？」詩織は言った。

詩織はここでも「紀子は即答するはずだ」という期待を捨てはしなかったが、紀子はハッと息を呑んだ。あからさまに動揺して、さらに深く考えこむ。石のように固まったあと、記憶を遡《さかのぼ》るような顔つきになり、何度も小さく首を傾《かし》げている。わずか一年前の、自分自身のことなのに、なぜだか混乱をきたしているようにみえた。

「……紀子？」詩織が声をかけ、

「……うん」紀子は詩織をみた。

紀子は虚《うつ》ろな顔――目は穿《うが》たれたふたつの穴、唇には無意味な笑み、しかし全体的に弛緩《しかん》していて、のっぺりとしている。まるで油粘土でこしらえた人形だった。

それをみて詩織は考えた。浩二から受けた暴力の記憶を、紀子は自力ですべて消していたのかもしれないと。だとしたら、なにも紀子を『夢が叶ったこの世界』から『ツライことばかりの現実』へと、性急に引きずりだすことはない。なぜなら、これからずっと永遠に、私たちはここにいればいいのだから。

「赤ちゃんと私と紀子と、三人でここで暮らそう」

詩織が言ったそのアイデアは、ママの言葉がもたらしたものだった。紀子はちらっと視線をあげたが、ふたたび自分の殻に閉じこもった。

詩織はすでに離婚を覚悟していた。徹に『紀子とふたりでしばらく別荘に滞在する』と言ったときの、あのなんでもなさ。姑の顔じゅうに、ぱっと咲いた女の笑み。それらは詩織に「もうこの家には帰らない」と決心させる後押しとなった。

それでいて、N県行きの特急電車の中で、詩織は号泣していた。裕樹と雅樹のことを思うと胸が張り裂けた。紀子より三日早く別荘に到着し、詩織はひとりで泣き暮らした。孤独には堪えられても、せつなさには抗《あらが》えない。息子たちの声を耳の底に聞き、この別荘のどこかにふたりがいるような錯覚に陥って、部屋じゅうを探しまわった。庭先に息子たちがいるように思え、裸足で外に飛びだしていったこともあった。息子たちと会いたい。そばにいたい。狂わんばかりに願っているのに、詩織の心に浮かぶのは、赤ちゃんだった頃の裕樹であり、雅樹の姿だった。

「ママとママと赤ちゃんと……でも、もし、いつか、その子が『パパは誰なの？』って知りたがったら、どうすればいいの？」なにを考えているのか、あるいは、なにも考えていないのか。危うい目つきで、紀子が訊ねた。

「パパ？　パパなんか必要ないけど、大丈夫。出産したのは紀子でしょ？　でも、その子はきっと私に似るから、私に双子の兄がいて、その男がパパだった。パパは、ある日いなくなってしまったの。だからママしかいないけど、ママがふたりもいたら素敵じゃない？　って、私たちふたりで言い聞かせればいいよ」自分のアイデアに無反応な紀子に、こみあげてくる憤りを抑えて、詩織は言った。

紀子はまた沈黙した。詩織はかまわず続けた。

「私が離婚しても、この別荘は実家から引き継いであるし、ここでの暮らしが落ちついたら、いずれ裕樹と雅樹も呼んであげたい。働いたことはないけど、私も仕事をみつけるから。家事もやるし、子育てもする。子どもたちに、今度こそ、私のこと『ママ』って呼ばせてあげたい。私も呼んで貰える人間になりたい」声にしたことではじめて、詩織は自分の望みを知った。「ほんとうは、ずっと……ずっと、私、そうしたかったの……」

「……それが詩織の夢だったんだね……」紀子は一度うなずいた。

紀子のうなずきは、詩織を丸ごと肯定してくれていた。詩織は感謝した。心から。

「そうだ。ねえ。星をみようよ」思いついて詩織は言った。

「星って、外は寒くない……?」紀子は戸惑った表情になった。

「私、今夜が最後になるような気がしているの」よっこらしょ、とベッドを降りて、詩織はウールのブランケットを羽織る。紀子ももたもたと後に続いたが、

「最後……?」不安げに詩織をみつめた。

「たぶんね、ふたりきりでこうしていられるのは、今夜が最後なんじゃないかな。明日からは違う。私たちのあたらしい日がはじまっていくんだと思う」

詩織は言って、ベランダに出た。のけぞりすぎるとお腹が張るので気をつけながら、腰に手を添え夜空をあおぎみる。紀子は隣でおなじポーズをとった。

夜空はとてつもなく広く澄んでいた。吸いこまれそうなほど深く、濃い墨色に、星が白くきらめいている。詩織は双子星のスピカを探した。スピカは、おとめ座の一等星で、北斗七星のひしゃくの下へ弧を描いていくと、女性のようにおっとりとやさしく光る。星言葉は「直感とセンス」だ。少女だった詩織に、スピカを教えてくれたのはママだった。ママもそうしてきたように、あなたも自分の片割れを探しなさい。出会えるまでは、それがどんなひとなのか見当もつかないものだけれど、出会えば瞬時にわかるのよ。だってママの片割れは誰だと思う？　あなたのパパ

だったんだものと、ママは笑った。

「ごめん。あのね、いまって、どこをみればいいの？」紀子がおどおどと訊いた。

「みて。あそこらへん。双子星を探していたの」詩織は夜空を指差した。

「双子星っていうのは、春から夏にかけて南の空に浮かぶ星座で、スピカっていう名前なの。双子のように並んだそのふたつの星は、距離が近すぎるため、お互いの重力の干渉を受けて、双方とも楕円形に変形している。だから連星《れんせい》なのに、ふたつでひとつの大きな星にみえる。真珠みたいに光る美しい星なんだ。でもいまは十月だから、残念。みつけられないね。だけど私はすごく好きなの。スピカを探しているとね、探すことをやめさえしなければ、自分の片割れに出会えるはず、いつかひとりぼっちじゃなくなるんだって、ふしぎと信じられたりして」

みえない星座を指でなぞり、そこまで言ってしまってから、詩織は急に恥ずかしくなった。素直になるのは得意じゃない。ブランケットの前を掻き合わせ、大口を開けて「あーあ」と、わざとあくびをしてみせる。しかし紀子は夜空をみあげた。星を探している紀子の横顔は、これまでになく輝いている。

「スピカって、わたしたちみたいね」紀子の甘くとろけるような声が聞こえる。「春になったら、また探そう」

今夜スピカはみつけられなくても、詩織はもうひとりぼっちではなくなっていた。

運命というものが変えられるとするならば、いまがまさにその第一歩。詩織が自分の人生をみつけだせた記念すべきときだった。

次の日、陣痛がはじまった。午前九時二十分。詩織は深く息を吐きだし、下腹部に押しよせる鈍痛が引いていくのを待ってから、朝食の残りをかきこんだ。紀子は急いで荷物をまとめる。下着、アメニティ、タオル、高橋紀子名義の母子手帳もバッグにつめた。

おもては雲ひとつない晴天だ。十月二十四日。朝の陽射しが惜しみなく降り注ぐなか、ふたりは病院へと車を飛ばした。

山道を走りながら「あーあ。昨日買ったアイスクリーム、ゆうべのうちに食べておけばよかったな」陣痛が治まった詩織がぼやく。

「どっかによって買っていこうか?」運転していた紀子は真に受ける。

「だめだよ。先生に叱られるし、乳腺がつまって、おっぱいがでにくくなるもん」

「えーっ。でも食べたいんでしょ?」

「だから我慢。今日から当分、ママは我慢の連続なわけ」

「アイスはダメでも、和菓子ならOK?」

「糖分はぜんぶ我慢」

「ええーっ!」

「乳腺がつまると、おっぱいがカチンコチンになるの。ツライのは自分だからね」

「おっぱいのつまりを直すには、どうしたらいいの?」

「自分でマッサージして絞るか、誰かに飲んで貰うしかないいんじゃない?」

「わかった。わたしが飲んであげるから、詩織はアイスクリーム食べな！」

「そういうことじゃないんだって」詩織が笑って、紀子も笑った。

ふたりとも高揚感に見舞われて、はじめのうちこそ軽口を叩きあっていたが、しだいに詩織はうめきだした。陣痛は痛みを増し、間隔を狭めていく。強い痛み、休止、より強い痛み、小休止、激痛、ひと呼吸、より強い激痛……といった具合に。陣痛が十五分置きになったとき、ふたりは病院に駆けこんだ。

産婦人科病棟の個室――陣痛の待合室といったところか、ベッドと時計と抱き枕とナースコールがあるだけの簡素な場所に通された。陣痛の間隔がもっと狭まるまで待機するよう看護師に言われ、詩織はうろうろと歩きまわった。痛みの波が押しよせるとベッドの柵につかまって、四つん這いになり「ひい、ひい、ふう」と呼吸をする。その波が去ると、陣痛を促進させるために、またうろうろと歩きまわる。小波から大波へ、みるまに痛みは激化していく。お腹も痛いが腰も痛い。汗が伝って焦点も定まらない。腰や背中をさする他人の掌もうるさくかんじる。歩きまわる体力が尽きてくると、自分がもうなにをしているのか、だんだん、わからなくなってくる。

詩織の耳に届くのは「紀子、頑張って！　紀子、ふんばって！」という声だけだ。

自分の顔のそばで誰かが声をふり絞っていた。

「紀子、紀子、紀子ォ……!!」

朦朧としてくる頭の中で、詩織は思う。私は誰？　と。あなたは誰？　そう思ったとたん、激痛が襲う。骨盤がめりめりと割れそうだ。赤ちゃんが降りてきている。時計をみると五分間隔になっていた。詩織はナースコールを押した。

分娩室に運ばれて、先生に指示を受ける。台にまたがると詩織はいきんだ。ちからの限り。もう少し、でも、まだ少し。ふいに痛みが半減し、ふわりとした気分に包まれる。分娩室の外から誰かの声がする。勘弁して欲しい。看護師と押し問答しているようだ。

「わたしも立ち会わせてください！　わたしも紀子と一緒にいたいんです、わかって、お願い！　紀子、紀子、紀子、わたしもそっちにいかせてェェェ!!」

パタンとドアが閉まると、詩織を最大級の波が襲う。痛みというより、もはや恐怖だ。三人目の出産であっても恐怖するのは、なぜなのだろう。この恐怖から逃れる方法はないものかと考える。だが解決策はひとつしかない。どんなに恐ろしくても、この波を乗りきるしかないのだ。下腹部の内側に、大きなかたまりがずるりずるりと降りてくる感触があり、いきみたくなるが詩織は堪える。

「はい。いまですよ、いきんでください、紀子さん！」

先生のかけ声に、詩織はいきむ。息を吐ききり、ちからをこめる。

しかし波は引いていった。「頭はもう出ています、肩まで出ています。赤ちゃんも頑張っていますよ。次です。次でいきましょう」それを聞いて詩織は了解する。

あーあ。恐いけど、痛いけど、しょうがないな、と。

諦観のきわみのなか、詩織は体勢を立て直す。上半身をずりあげて、台の上の足を踏み直し、首すじに張りついた髪をまとめる。そうしているまに強烈な大波が押しよせた。いまだ、と、詩織は奮い立つ。先生のかけ声とともに、全力で息を吸いこみ、止める。一気に吐きだす。下半身にもてる限りのすべてのちからを集結させて……。

3

赤ちゃんはすべからく美しいものだが、詩織の娘はまたことさらに神々しかった。

ぱっちりと大きな目、長いまつげ、すうっとした鼻すじ、花びらのような唇。出産したその日から詩織は娘におっぱいをやり、おむつを替え、寝かしつけをした。会陰《えいん》切開の縫合跡は痛んだが、母乳はよくでていたし、産後の肥立《ひだ》ちもよい。詩織は順調に快復し、いまだかつてないほどのしあわせ、多幸感でいっぱいだった。

詩織の娘の誕生を、紀子はまるで自分のことのように祝福してくれた。

「紀子。ごめんね。紀子、紀子、ごめんなさい」

ベッドで横たわる詩織の掌をとって、おいおいと大泣きした。

それを聞いていた看護師は、紀子のことを、ちょっと頭のおかしなひとでもみるような顔でみた。無理もない。紀子の「ごめん」はオールマイティーだ。謝罪も感謝もそのほかのことも、いっしょくたにして済ませてしまう紀子流の語彙なのだから、それは、まあ、いい。だが、詩織は「紀子」と連呼されることには抵抗がある。何度も、何度も、その名を呼ぶ。紀子は詩織を「紀子」と呼ぶことに酔いしれているようだった。

入院期間中、毎日、紀子は詩織の病室にきた。詩織のベッドの傍らで持参した弁当を食べたり、洗濯をしたり、売店で買った雑誌を読んだりし、半日以上をすごしていく。あるいは、新生児室の窓ガラスにべったりと額を張りつけて、授乳のとき以外はそこで眠っている小さな娘を、遠目から何時間でもみつめていた。

詩織は紀子との会話を避けていた。産後すぐの母親というのは、誰しも、赤ちゃんにすべてをもっていかれるものだ。紀子の存在そのものが疎《うと》ましく――もっといえば不衛生にかんじられていた。だから娘は紀子に触れさせなかった。紀子は日に何度となく「わたしも抱っこしたいな」とせがんできたのだが。

三時間おきの授乳、ホルモンバランスの変化、子宮収縮の痛み。否応なく、詩織の身体は母となっていた。子を護る本能だけが詩織を支配し、感情は昂《たかぶ》っていたが、思考は停止している。小さな娘を抱いていると、姑はもとより、徹のことも、知らない誰かのようにかんじられた。だけど息子たちにはこの娘と会わせたい。なによりママに抱かせてあげたい。娘を愛おしくかんじればかんじるほど、裕樹と雅樹もいっそう愛おしく、ママが恋しくかんじられた。夜更けにひとりで授乳するたび、センチメンタルな思いに駆られ、詩織の涙は止まらなくなった。

とはいえ、ここからが作戦のクライマックスだ。思うように頭が働かなかったが、詩織は紀子に指示を与えなければならない。いま肝心なのは夫たちとの決別だった。

詩織の快復と娘の成長を待って、生後一ヶ月目をめどに、詩織と娘と紀子の三人で、いったん帰京する。都内のホテルに泊まり、そこを拠点とする。まずは紀子が帰宅。浩二に離婚届を突きつける。翌日、娘は紀子に預けて、紀子はホテルで待機。詩織が帰宅する。自分の荷物を別荘へ送り、徹に離婚届を渡す。詩織には『なにも訊ねず判を押す徹の冷淡な顔』と、『平穏だった生活に波風を立てられた怒りで真っ赤になる徹の顔』の、両方が思い浮かんだ。いずれにせよ、その日のうちには決着がつかないかもしれない。あらかじめ徹に「判を押して、郵送して欲しい」と言っておくつもりだった。そうして息子たちだ。姑からどんな妨害を受けようとも、息子たちには「すぐに私が迎えにくるから」としっかり言い残すことが、詩織にとって、もっとも重要な勝負どころだった。

あとは法的手続きも成さなければならない。母子手帳には『母(妊婦)高橋紀子　父・高橋浩二　妊娠期間・妊娠四十週。娩出《べんしゅつ》日時・平成X年十月二十四日午後十二時四十五分。分娩《ぶんべん》の経過・正常分娩。分娩所要時間・三時間二十五分。出血量・少量。性別・女。体重二六八〇グラム』と記述されている。名前は『香織』と決まっているのだし、娘の出生届は、来週あたりにこのN県で申請すればいいかと、詩織は考えた。

それらすべてを成し遂げられたとき、私たちのあらたな人生がはじまるのだ。

娘の香織、裕樹と雅樹。三人の子どもたちとともに、詩織と紀子は、大自然にかこまれたこの家で暮らしていく。苗字なんか、なんでもいい。パパはいなくても大丈夫。我が家にはママがふたりもいるのだから、きっと素晴らしい家庭となるはずだ。庭を菜園にして、子どもたちと一緒にトマトやインゲン豆やキュウリを収穫するのは、どんなにか楽しいことだろう。りんごと桃の樹も植えて、クロッカス、ダリア、コスモスの花壇も作り、犬と猫とニワトリも飼おう。枝にはブランコを吊るし、春になったらピクニックをしよう。冬は雪遊び三昧《ざんまい》、夏になったら夕涼みができるベンチも置こう。仕事にたいする不安はあったが、廃れたとはいえスキー場までいけば、まだ観光スポットの機能を果たしている。あの界隈で、紀子のキャリアを活かして、総菜屋をはじめてもいいかもしれない。紀子の料理の腕前はなかなかのものだから、観光客だけでなく近所のひとにも、きっと好評を博すに違いない。もし事業を興すとなれば大金が必要だ。離婚と同時にクレジットカードは使えなくなってしまうから、いまのうちに銀行から引きだして現金にしたほうがよさそうだった。屋号はむろん『藤原屋』だ。そこにママを招待できる日が待ち遠しい。未来のアイデアは次々と浮かんでくる。悪いことなど起きるわけがなかった。

作戦の続きを紀子に発表したのは、詩織と娘が退院した日だ。紅葉は赤く、吐く息は白い。よく晴れているぶん、肌が痛くかんじるような寒さだった。

紀子は運転していて、詩織は後部座席に座り、眠る娘を抱きながら話をした。しかし紀子は鈍かった。ふだんに輪をかけて察しが悪い。「なにがなんだかわからないし、詩織にはもうついていけない」と、そう言っているのも同然な不審顔で、うなずくばかり。相槌のごとく繰り返される紀子の「ごめんね」と、退院してもなお詩織を「紀子」と呼んでくる不気味さ、いちいち的外れな質問――「その場合、お昼ごはんはどこで食べるの?」「赤ちゃんには粉ミルクをあげてもいいの?」「もしニワトリをペットにしたら、やっぱり卵はぜんぶヒヨコになっちゃうんじゃない?」にも、詩織は嫌気が差していた。

途中で銀行によったので、別荘に帰ると、もう授乳の時間だった。冷えきったリビングで、凍えながら詩織は授乳し、おむつを替えて、ソファに娘を寝かしつけた。寒さ対策が必要だが、暖炉の薪は切れていて、エアコンだけではまかなえそうにない。母親は赤ちゃんとおなじ間合いで眠らないと、三時間後にはまた起きなければならず、とてもじゃないが身が保たない。寒さのせいで股間の縫合跡も痛んできていた。車に揺られているあいだも傷口はズキズキと脈打っていたのだが、冷えが血流を悪くするのか、いまではキリキリと締めつけるような痛みに変わり、偏頭痛も誘発していた。詩織は少し横になって休みたかったが、室内はとんでもなく汚い。リビングの床にコンビニ弁当の空き箱が重ねられ、綿埃がそこかしこに転がっている。大きなビニール袋がふたつあり、ひとつはゴミクズでいっぱいで、丸めたティッシュがこぼれ落ちている。もうひとつには紀子の洗濯物がつめこまれていた。暖炉脇に高く積みあげられた段ボールの中身は、未開封のカップラーメンやスナック菓子のようだ。通販で注文したベビーベッドは組み立てられておらず、ソファも食べカスだらけ。大人用のベッドには雑誌や空のペットボトルが散乱していた。姑はこんなときよくしてくれたと、いまさらながら、詩織は思った。裕樹のときも、雅樹のときも、退院の日には、清潔なベッドがととのえられていたし、お乳をたくさんだせるようにと、根菜メインのあたたかな食事を用意してくれていた。だが、紀子がこの一週間やっていたのは、詩織のクレジットカードで箱単位のジャンクフードを買いためることだったのだ。

こんなことでは子育てできない。詩織はたしかに言ったはずだ。部屋はとにかく清潔に。室温はひと肌に。加湿器も忘れずに。ベビーベッドをととのえて、ベビーバスも用意して。紙おむつは寝室とリビングに置いておくこと。哺乳瓶の殺菌、粉ミルクの常備、白湯はいつでも適温にだせるようにと。

「ねえ！」台所でごそごそと動きまわっている紀子に向かって、詩織は声を荒らげた。

その声をあえてさえぎるかのように、けたたましく紀子は笑った。

「みて！　紀子が産気づいた日に、スッゴく食べたがってたアイスクリーム、とっておいてあげたよ！」と。

詩織は我が目を疑った。紀子をよくみると、お腹の出っ張りはなくなり、いつのまにか以前の体型に戻っている。霜をつけたカチンコチンのアイスクリームをもってきて、紀子は詩織に差しだした。それを詩織は受けとらず、目の前に立つ紀子に訊ねた。

「……そのお腹、どうしたの……？」

「十月二十四日に、帰ってきたら出血したの」不敵な笑みを浮かべて紀子は答えた。「だからおんなじ。紀子も産んだら生理がきたんでしょ？」

「……私のは違う。生理じゃない……」詩織はかろうじて反論したが、紀子の耳に届いていないのは、あきらかだった。

詩織と紀子は向きあっていた。みつめあう、というのでも、にらみあう、というのでもなく、不可解なものでもみるような視線で、ふたりは互いに釘付けになった。

「……あなたは誰なの？」詩織は言った。

「わたしは紀子に決まってるでしょ」ふふん、と鼻で笑って紀子が答える。

「じゃあ、私は……？　私は誰なの？」

詩織の問いには答えずに、紀子は嘲笑し、それから言った。

「ほんとうに、紀子はしあわせモノだよね。とうとうママになれたんだもん」

この女は正気じゃない。狂っていると詩織は思った。紀子はソファで眠っている娘のほうへと歩きだし、詩織は両腕をめいっぱい広げて立ちはだかった。

「もういいでしょ？」恨みがましい三白眼《さんぱくがん》で、紀子は詩織をみすえた。紀子のこんな目つきをみるのは、はじめてだった。ぞっとしながらも詩織は激しく首をふった。

「……お願い。こんなに可愛い赤ちゃん、みたことないもの。抱っこしたいの」

紀子は媚びるように続けて、詩織の横をすり抜けようとした。そのときだ。詩織は片腕を大きくふりかぶり、自分の掌を紀子の頬へと直撃させた。

「あんたなんかに、香織みたいな娘、産めるわけがないでしょう！」

詩織は思わず怒鳴っていた。紀子は微動だにしなかった。のっぺりとした顔の、大きく見開かれた目の中心を、めまぐるしいスピードで感情が移り変わる。怒り、妬み、嫉み、悔しさ、惨めさ、そしてまた怒り……。ところが紀子はうなだれた。

「……ごめんね……」我に返ったかのようにつぶやいた。「……うん、わかってる。詩織は憧れのひとだったから。わたし、まだ夢みていたかったのかな……」

のそのそと動きだし、紀子は車のキーをとった。携帯電話をもって玄関へ向かう。ふり返ると、紀子はいつもの気弱な空気を漂わせ、歪んだかたちに唇を吊りあげた。

「詩織は、夕ごはん、なにがいい？」紀子が訊ねる。

「……鍋がいいかな。卓上コンロは納戸《なんど》にあると思うから」詩織は答えた。

紀子はうなずき、コートを羽織って、出ていった。車のエンジン音が遠ざかり、詩織は安堵した。でも後味が悪かった。


翌朝、詩織が短い眠りから目覚めると、娘がいない。大人用のベッドの隣に設置したベビーベッドから忽然と姿を消していた。

詩織の肌は粟立った。一気に、血の気が引いていく。冷や汗が背を伝い、はあ、はあ、と息があがる。全身が震え歯の根があわない。心臓がすさまじい速さで打っていた。ガクガクと震えて思うように動かない脚を、無理矢理にまえへと踏みだして、急いで階段を転げ降りる。「香織！」「紀子！」と叫びながら、血相を変えて、詩織は駆けこんだ。リビング、台所、風呂場、洗面所、庭、駐車場、ふたたび寝室に戻って、二階の客間も探した。それらのどこにも娘はおらず、紀子もいない。紀子の荷物と、車と、現金もなくなっている。哺乳瓶、粉ミルク、紙おむつ、バウンサー、おくるみ……娘のために用意したものも、すべてもち去られていた。

娘を盗《と》られたのだ。詩織の心が殺された瞬間だった。

4

ごめんなさい、傲慢で強欲で世間知らずの親友。美しい支配者。ケチでくそったれのおめでたい嘘吐き女。この一週間で、わたしはキレてしまいました。わたしを召使いのように扱うアンタに。わたしと浩二の仲を引き裂きたがるアンタに。一度はわたしにくれると言ったモノを、ぜんぶとりあげて、独占しようとしているアンタに。アンタは生まれついてのしあわせモノなのだから、それを、わたしにも分けてください。半分とまでは言いません、ほんのちょっとでいいんです。娘は大事に育てます。車もお金も大事にします。頼れなくても頑張ります。罪を犯したわたしの罰は、二度と、あなたと会えなくなることです。永遠に会えなくなることです。考えてみれば「永遠に会えない」ということは「死」とおんなじ。あなたはもうわたしの心の中で死んでしまったのでしょう。ごめんなさい、ごめんなさい、ごめんなさい……。

ごきげんよう……。

早朝の高速道路を軽自動車でブッ飛ばしながら、紀子はそう思っていた。後部座席のバスケットでは、娘がすやすやと眠っている。別荘を出発したのは午前四時半、まだ空は青黒く、山の稜線も暗く沈んでいたが、いまは朝陽が射しこんで、清々しい輝きに包まれていた。次の授乳の時刻がせまっている。紀子はサービスエリアに停車した。

午前六時、予定通りに娘が泣きだす。頭ではわかっていても、紀子はビビった。片手で娘を抱きかかえ、片手で哺乳瓶に粉ミルクを入れる。魔法瓶の湯を注ぎ入れ、瓶の外側にトイレの水道水を当てて冷やす。ミルクができあがり、おもてのベンチに腰掛けた。はじめてのことだらけで、手順が悪くモタついたが、娘はミルクをよく飲んでくれる。腕に伝わる赤ちゃんのぬくもり、ごくごくと上下する細い喉。乳酸菌が発酵したような甘ったるい香り、結ばれた小さな掌、無垢で純粋なわたしの赤ちゃん。紀子の胸はキュンとなる。無事にミルクをあげ終えたとたん、ようやく自分が母になれた実感が湧き、喜びを噛みしめた。今度は娘を縦にして、ゲップをださせなければならなかった。娘は首がすわっておらず、どこもかしこもクニャクニャとやわらかい。うかつに扱うと壊してしまいそうな恐怖心が湧き起こる。うまく抱き替えられず四苦八苦している紀子に、通りすがりの年寄りが「おやおや、カワイイ赤ん坊だねえ」「あらまあ、ちっちゃい。新米ママは大変ねえ」と声をかけてくる。まっとうな母子として認めて貰えていることに、紀子は嬉しくなって、誰彼かまわず愛想をふりまいた。ゲップがでたら次はオムツだ。車の後部座席でオムツを替える。これは思ったより簡単に処理できたが、ふたたび娘は泣きだして、抱っこした腕を揺らすこと三十分。なんとか娘を寝かしつけて、時計をみると、停車から一時間半が経っていた。

　昨日、浩二には電話で「明日には帰れると思うから」と話してある。浩二は休みをとって、紀子と娘を待っている。渋滞やトラブルに巻きこまれなければ五時間の道程だ。朝イチには帰宅できると読んでいたが『三時間置きに一時間半かけて授乳しなければならない』とすれば、到着はお昼すぎになりそうだった。その旨を浩二にメールし、自分の休憩はろくにとらず、紀子はさきを急ぐことにした。

産後も毎日、紀子は浩二に電話をかけていた。

紀子の言い分は『お母さんと実家にいたら、突然、詩織に呼びだされた。詩織は話していることが意味不明で、なぜだか半狂乱でもあった。しかたなくN県の別荘に行くと、詩織が「離婚する」と言っている。そこで紀子は産気づいた。詩織の付き添いのもと、N県の病院で紀子は無事に出産した。赤ちゃんは女の子だった。すると詩織は「私はこの別荘で息子たちと暮らすから、紀子も浩二と離婚して、娘と一緒にここで暮らそう」と言いだした。でも、わたしは浩二と別れるつもりはない。一週間後には帰るから、どうか待っていて欲しい』というものだった。

それを聞いて、浩二はむくれた。「俺にもちょっとは相談しろよ」「おまえは俺と藤原さんのどっちが大事なんだよ?」「ざけんじゃねえぞ、その女、俺ら夫婦をなんだと思ってんだ!」と電話口で怒鳴った。浩二の「いまから顔だけみにいってもいいかな?」というセリフも、当然ながら今度は本気だった。紀子はしかし謝り倒した。「ごめんなさい。わたしが悪いの。わたしのしあわせを、詩織はどうしても許せないの」と。そうした自己弁護は電話をするたびエスカレートしていき、最終的には『詩織はもうダメ。頭がおかしくなっちゃったのかな。朝から晩まで娘にへばりついているの。母親のわたしにも抱っこさせないくらいで、もしかしたら娘を盗ろうとしているのかもしれない。自分の離婚後は、わたしを総菜屋で働かせて、家政婦としてもコキ使おうとしているみたいだし。いまの詩織は自分が誰かもわからなくなっていて、なにをしでかすかわからない。だから逃げだすタイミングをうかがっているの』と紀子は淀みなく語り、浩二も難なくそれを信じた。浩二からすると、女たちの諍いは「紀子はこれまで藤原さんに、さんざんタカってきた『借り』があるから逆らえない。ようは『弱味』を握られているのだ」という解釈だった。「いいか。絶対、負けるなよ」浩二は紀子を煽《あお》った。「コッチに帰ってきたら、俺がおまえらを護ってやるからな」と。

紀子はもう一度サービスエリアにより、午前九時の授乳を終え、また二時間ほど走ってから高速道路を降りた。高速道路や田舎道など広い道路の運転には慣れていたが、都内の道の細さ、車の多さ、混雑ぶりに紀子はまいった。もともと器用なほうではなく、地図もいまいち読みこなせない。自宅付近まできているのに、一方通行や車両通行止めの道ばかりで、次の授乳時間もせまってきている。娘の泣き声を耳にすると、ただそれだけで紀子はテンパった。なんとか早く到着したい。ダメだ、ダメだ、間にあわない。数えきれないほど徒歩で通った近道の路地はあきらめて、大回りをするべく大通りへ向かった。

だが、娘は泣きだした。大通りは混みあっていた。強引に割りこんだはいいが、ビクともしない。延々と連なる車輛の列は、信号が赤から青に切り替わるときにしか動かないようだった。じりじりと前進しているあいだにも、娘が泣き止むことはなく、紀子は狭い車内に泣き声ごと閉じこめられた。娘の泣きかたはしだいに甲高く、ヒステリックな音程に変わり、紀子にも倍、十倍、何十倍と、プレッシャーがかかる。後部座席の娘をふり返ると、泣き続けているせいか、顔が真っ赤になっていた。焦りもピークに達したとき、前方にコンビニをみつけた。そこで授乳しようと、迷わず車を突っこんだ。

駐車場は一台だけ空いている。並列駐車は経験済みだったが、N県に比べると格段に狭い。頭からブチこむには角度が悪く、紀子はハンドルを切り返した。隣の車にぶつけてしまわぬよう慎重に、少しずつバックする。運転席の窓を全開にし、上半身をひねって左後方をみる。駐車枠に余裕をもって、アクセルをじわじわ踏む。とにかく左の車に気をつけて、左側、左側、左側……。

カシャン。なにかが割れる音がした。紀子は慌ててブレーキをかけた。

右側の車にぶつけてしまったのだ。左側にばかり気をとられ、右側はたしかによくみていなかった。紀子は青ざめた。……ダメだ、こんなところにいちゃ。逃げなくちゃ。紀子はアクセルを踏みこんだ。ギアはバックに入ったままで、ガシャ、ガシャン、と大きな音がした。頭が真っ白になり、嫌な汗がどっと噴きだす。前方をみると、コンビニから男がふたり飛びだしてきた。片方はジャージで金髪、片方はパンチパーマの黒ずくめ。最悪なことに、ヤンキーだった。ふだんの口癖は「悪いのはわたし。わたしのせいなの」という紀子であっても、こんなとき──ほんとうに都合が悪い場合は、ぜんぶを他人のせいにして生きてきた。母親のせい。浩二のせい。詩織のせい。それでいて『泣き続ける娘』を怒鳴りつけなかったのは、いったい、なんだったのか。産みの母ではない負い目が、紀子に母としての正しさを、自然と身につけさせていた。だいたい、紀子の道理からすると、悪いのはヤンキーだった。平べったくて横幅が異様にあるこのビカビカした国産車のせいで、わたしがうまく駐車できなかったのだ。紀子の車は、駐車場のど真ん中に停車していたが、運転がヘタなのだから動かしようがない。紀子は堂々と車を降りた。後部座席のドアを開けて、小さな娘を抱きあげる。ついでに携帯電話をかけて、浩二に事情を報告した。電話を切ると、ヤンキーたちは歩みよった。

「なにやってるんじゃ、ゴラア！」金髪ジャージが威嚇してくる。

罵声に紀子は慣れている。「はい？」あえて悠々と笑ってみせた。「そっちこそ、なんなのコレ。よくみてみなさいよ。アンタの車、ひとりで横幅とりすぎでしょうが。白線ギリギリに停まってるじゃない。こういうの迷惑駐車っていうんじゃないの？」

「迷惑駐車だあ？　他人の車にツッコんどいて、アホかコイツ」パンチパーマが間に入った。煙草をくわえて火をつける。金髪ジャージとなにやら目配せしあうと、ふたりともニヤけた顔つきになった。

「コレ直すのに、いくらすると思ってんだよ？」金髪ジャージが言って、

「いくらって……みんな自賠責保険に入ってるでしょ」紀子は答えた。

「オラ、みろよココ。ヘッドライトは割れちゃってるし、ボディまで傷イっちゃってんだろ？オバはん、改造ってわかる？　ライトは特注で、塗装も三回やってんの。コレをキレイに元通りにするには、保険でなんとかなる額じゃねえわけよ。実際プロじゃなきゃわかんねえこともあるからさ、いまから俺の知ってる板金《ばんきん》屋に電話して、いくらで直せるか聞いてみてやっからよ」気味が悪いくらい穏便な口調で、パンチパーマは言った。

「……警察とか呼ばなくてもいいの……？」心配になって紀子は訊ねた。

「サツ？　いい、いい」携帯電話を耳に押し当て、パンチパーマは手を横にふった。

なんだか騙されているような気分だったが、パンチパーマが電話しているまに、紀子は娘のミルクを作った。魔法瓶の湯はぬるまっていて適温なのが幸いだった。娘にミルクをあげて、ゲップもだし終えた頃、白馬に乗った王子さまのごとく、自転車にまたがってあらわれたのは、スウェット姿の浩二だった。

「あちゃー。こりゃまた派手にやっちゃって。すみませんねー」浩二は苦笑した。自転車を停めて、ヤンキーの車の破損部分にかがみこむ。

パンチパーマは携帯電話を切り、金髪ジャージが浩二をにらみつけた。

「なんだテメエ」金髪ジャージが浩二の自転車を蹴飛ばすと、

「ウチの嫁さん、病院帰りなんすよ。てか、俺、いま娘にはじめて会ったんす」浩二はヘコヘコと頭を下げる。キーを手にすると紀子の車をスイスイと駐車した。

「いやあ、オタクのイイ車っすね。俺もコレ好きなんすよ。それに比べてウチのは……こんな軽自動車になっちゃったのか、くっそー。なにがお祝いだよ。金持ちのクセにケチりやがって」車から降りて、浩二は言った。

「ほんじゃあ、ダンナさん、コッチで話そうや」パンチパーマに手招きされて、浩二と金髪ジャージは、コンビニ前に設置されている喫煙所に向かった。

事故処理は浩二に任せ、紀子は後部座席に戻り、娘のオムツを替えた。娘を腕に抱きながら、子守唄のようなリズムをとり、紀子は何度も繰り返した「パパがきたから安心でしゅよ。パパは恰好いいでしゅね」と。娘はすっきりした表情になって、あっというまに寝入ってくれた。

三百万円が手元にある。詩織が紀子にくれると言った現金——正確には、詩織がスキー場付近で紀子に総菜屋をもたせるため銀行から引きだしておいた初期費用だったが、その札束をみて、浩二の『底を打ちかけていた紀子への愛情』は容易に復活した。駐車場での事故後、本能的に紀子は危機を察していて、モノの順序を重んじた。まずはアパートに帰って浩二に娘を抱っこさせる。次に綿にくるんだ「へその緒」を浩二と一緒にタッパーにしまう。母子手帳の出生記録も読みあげて、娘と浩二2ショットの写真を撮る。午後四時の授乳のあと娘を寝かしつけてから、ビニール袋に入れてきた現金の束をとりだしたのだ。

「わたしたち、引越ししよう」せっぱつまって紀子は言った。

「おう。これだけあれば、いつでもできるな」絶好調で浩二はうなずいた。

「じゃなくて、いますぐに」

「……はあ?」

「詩織と縁を切りたいの」

「縁なんか放っときゃ切れるだろ?」

「ううん。詩織はきっと追ってくる」

「……おまえさ、これって……ヤバい金じゃねえのか?」

「お金なんかどうでもいいの。詩織はだってお金持ちなんだよ? わからない? 詩織が欲しがっているのは、わたし自身。それから、わたしたちの娘なんだもの」

「……マジかよ……」

「引越すところは、浩二が仕事に通える範囲でいい。わたしはいまの仕事を辞めなきゃならないかもしれないけど、いつかほんとに総菜屋がもてるように頑張る。子育てしながらパートをみつけて資格もとる。立派な母親になってみせる。だけど、アアア……ダメ、ダメ、ダメ。そんなさきのことなんか、どうでもいい！　どうでもいい！　いま詩織から逃げなくちゃ！」紀子は激しく自分の髪を掻きむしった。

「……それって……」夜逃げじゃねえの？　という言葉を浩二は呑みこんだ。

紀子は浩二をまっすぐみつめた。浩二は携帯電話のインターネットを開いた。不動産サイトを検索し、いくつか手頃な物件を探す。

「俺らにはもう赤ん坊がいるんだから、どうせ手狭になってたしな……いつ引越したって大差ねえし……俺も親父になったから明日ならまだ休みやすいか……引越しは誰かに手伝って貰わなきゃな。業者に金払うのムカつくんだよ……」ブツブツとつぶやきながら、浩二は独断で物件を決めて、不動産屋に電話をかけた。

電話を終えると、浩二は言った。「とりあえず俺が部屋をみてくるから、おまえは引越の準備しとけよ。そんで赤ん坊は『薫子《かおるこ》』にしたから。俺の初恋の女の名前。中学の先輩で片想いだったんだけどさ、なんか色っぽくてソソるだろ？」

意地悪な口調と誠実な態度が、浩二の男らしさをきわだたせていた。紀子は浩二に惚れ直し、やっぱり詩織を捨ててよかったと思っていた。詩織の望んだ「香織」と、浩二が選んだ「薫子」

は、どこか少し語感も似ている。罪滅ぼしにもなりえるような、これこそ奇跡だと紀子はかんじた。そうして紀子の新生活がはじまった。

一ヶ月後——高橋浩二

三つ隣の駅に引越して、早一ヶ月。間取りは相変わらずの1LDKだが、築浅のマンションは、以前と比べると雲泥の差だ。軽自動車で通勤できるのも快適だし、娘の薫子は無条件にカワイイ。紀子から「パパ」と呼ばれることにも慣れてきた。今月から正社員に昇格したので「車はコレであきらめるけど、中古でいいからバイクが欲しい」と言ってみたところ、紀子があっさりOKをだしたことも、浩二の機嫌をよくしていた。

しかも今夜は専門学校時代の友人を招くことになっている。石田はむかし俺に太宰治を教えてくれた男だ。いまはエロ専門の弱小DVD会社で働いている。瀧は二児の父親で、実家のコンビニを継いでいる。ここ数年、浩二はふたりと連絡を断っていたのだが、ガソリンスタンドの仲間が居酒屋で祝杯をあげてくれたことに味を占めて、今度は旧友にも自慢の娘（と自宅）をお披露目したくなったのだった。

用意したのは、発泡酒、焼酎、乾き物。メインは鶏の唐揚げにした。紀子の作るコレだけは絶品だ。紀子は大量の唐揚げをこしらえてくれたが、一方で妙に心配そうだった。

「パパ。お願いだから呑みすぎないでよ」と、しつこく言う。

薫子の誕生とともに、俺は青春期と決別したというのに。酒に呑まれていたあの暗黒時代は、実はウッスラとしか記憶がない。単純な思考回路『紀子に甘えている＋憤りを抱えている＋俺はなにかに堪えている＝それをたまに紀子にぶつける』を繰り返していた自分のなんともいえないイヤ〜な感触は残っているが、ほぼ忘れかけている。薫子に免じて、当時のことを、紀子が蒸し返さないでいてくれるおかげだった。


石田と瀧が浩二の自宅を訪れたのは午後八時すぎ。平日だったので浩二は仕事を早番にし、風呂も済ませ、スウェット姿で出迎えた。

「ちょっとスゲエな。このマンション。大出世じゃね？」石田は目を丸くし、

「浩ちゃん、なんか悪いコトでもしたんじゃねえの〜？」瀧は腕組みをした。

仕事帰りの石田は安物のスーツにジャンパーを羽織っている。瘦せて小柄な体型をより貧相にみせていた。一方、瀧は体格がいい。ガッシリした筋肉の上にたっぷりと脂肪を蓄え、引退後のプロレスラーみたいだ。ダウンジャケットにジーンズという軽装だった。ふたりは上着を紀子に手渡し、リビングに向かった。通販で買ったばかりの偽革ソファを勧めると、とくにかしこまるようすもなく「コレ、俺らから、お祝い」と小さな紙袋を差しだしてくる。

「気ィ遣わせちゃってワリイな」浩二は受けとって中身を覗きこんだ。

瀧のお祝いはコンビニ限定のビール券、石田は自社のエロＤＶＤだった。

「キタ～『熟女モノ』か。俺らも年取ったな。ギャハハハハハハ」それをみて瀧が笑い、「ウケた？　マジ、ウケた？」と石田が得意になった。

ぜんぜんオモロくなかったが浩二もあわせて笑いながら、藤原さんのことを思い出した。自分が貰ったお祝いは見当違いだと認めるが、だが本来こういうモンだ、このくらいがまともな友だちなんだよと、胸のうちでブツクサ言った。

発泡酒で乾杯をし、それぞれ無難に近況を話す。紀子の唐揚げに舌鼓《したつづみ》を打ち、焼酎を呑みはじめた頃、寝室から薫子の泣き声が聞こえた。紀子が授乳したあと、瀧は慣れた手つきで薫子を抱きかかえ、石田は「俺はイイや。やめとくよ」と頬を指でツンツンした。薫子とともに紀子も就寝し、野郎三人はベランダに出ることにした。

外は真冬のいい匂いがする。ピリッとした冷気が心地いい。浩二は貰い煙草をしてゆっくり味わった。野郎だけになると、自然と専門のヤツらの話題になる。ひとりはホストになって肝臓を壊し激太り、ひとりは起業したが借金まみれ、ひとりは田舎の稼業を継いでキャバ嬢に貢ぎ、クスリで刑務所にいるヤツ、痴漢でクビになったヤツ、ブラック企業に就職しウツになったヤツもいた。みんな駅前ロータリーでツルんでいたヤツらだ。ナンパしたり、酒を呑んだり、冗談を言いあった仲間だ。石田はいまだに彼女がおらず、瀧は早くもＥＤに悩んでいる。俺はマシなほうだと浩二は思った。

「浩ちゃんはマシなほうだぜ」石田が図星を突いたので、浩二はへんにドギマギした。

浩二の本心などおかまいなしに、瀧が続けた。「いいこと言うね～、俺もそう思う。あんな奥さんでも結婚したおまえはエライよ。あの時点で勝ってたんだろうな」

「奥さん、変わんないよなあ」茶化したように石田が言う。「相変わらずのドブスで、オモロイ顔してるじゃん。にしちゃあ、娘がコレまた超絶美人の相がでてますけど」

「黙れよ、石田。浩ちゃん、よく聞け。子どもってイイモンだぜ。子どもはイイ。子どもには罪がないわけ。俺のインポも関係ないわけ」瀧が真顔で説教しだした。

「なるほど、なるほど」遮るように石田が言った。「瀧のその話は聞き飽きたから」

「聞き飽きたとは聞き捨てならねえ。石田もさ、いいかげんその素人童貞、誰かに捧げていいお年頃じゃないんすか〜」瀧がいつもの軽口を叩いた。

「アマもプロも、どっちだっていいじゃねーか」石田はむかしのように切り返した。

それから猥談がはじまった。この夫婦漫才のようなやりとりを浩二は聞き流し、瀧の言葉を頭の中で繰り返した。子どもってイイモンだぜ。引っかかったのは、しかし、そこではない。石田の言葉だ。娘がコレまた超絶美人の相がでてますけど。こっちもとくに問題ナシだ。父方のバアちゃんは、俺が思うに、わりと美人だった。薫子に隔世遺伝したのかもしれないし、薫子の二重瞼は（あんなに大きな目じゃないが）俺に似ていて、鼻の下にある二本のすじは（サルっぽいかんじが）紀子に似ている。

「てか、俺ションベンしてえ」石田が言って、リビングに戻った。

白々とした蛍光灯の光量に場がシラけて、瀧はこれみよがしにアクビをする。石田は小走りでトイレに行き、宴はソコでお開きとなった。

石田と瀧が帰ってしまうと、浩二はわけもなくムシャクシャした。焼酎を三杯、生《き》のままで呑み干し、退屈なので紀子を起こした。産後一ヶ月ちょっと。そろそろいいだろう、ひさびさにセックスでもして寝ようと考えついたのだ。ところが、寝室で紀子が浩二に突きつけたのは、世でいうところの三行半《みくだりはん》だった。

「ウチではもうお酒を呑まないで。それができないなら出ていって」

寝耳に水といっていいような、あらたな掟《おきて》を言い渡された。俺が酒を呑むことを、紀子はこんなに嫌がっていたとは。浩二はかすかにショックを受けた。このさきウチでは酒を断たなきゃいけないのか。ひどく落ちこんだが、いまの浩二には反抗できない。最近、紀子にはドンとした迫力があり、俺の母ちゃんに通じるなにかがある……。そう思うとたちまち萎《な》えて、浩二はリビングに引き返し、最後の晩酌にいそしむことにした。

それにしても、ビクビクしいのやさしい紀子が、いわゆるオバちゃん化したのは、いつからだったか。母親になると女は別人になると聞く。妊娠して変わるのは、よくあることだと浩二にもわかっていたが、決定的に印象を違えたのは、生まれたての娘と帰ってきたときだった。なにがあったのか知る気もないが、あの日、浩二は夜逃げまがいの引越しを選んだ。直観として、三百万円をフイにしたくなかったからだ。藤原さんが紀子を奪還しにくるとは考えにくかったが、現金を取り返しにくることは想像できる。行方をくらませただけで返金せずに済むのなら、お安い御用だと浩二は結論づけたのだった。

しかし時系列に並べてみると、妊娠前から変化はあった。紀子が変わった原因は、藤原さんに間違いない。紀子がいきなり発情期を迎えたのも、おそらく藤原さんの影響だろう。親友同士とはいえ、月イチでお茶するくらいの間柄だったのが、四六時中コソコソと電話するようになったのも、この頃からだった。

ウゼエな、と浩二は思う。俺らは夫婦して、藤原さんの――金持ちのお遊びにつきあわされている。そのかんじに、たまらなくムカついていた。

そんな浩二の手元には「示談請求書」が届いている。紀子には面倒くさくて話していないが、一ヶ月前の交通事故だ。アレは相手がワルかった。タイミングもワルかった。浩二は「生まれたての娘を早くウチに帰さなきゃならない」と気が急《せ》いて、警察を呼ばずに済ませたがる相手にノッた。示談交渉は後日にし、その場は連絡先を伝え、すぐに解放されたのだが、携帯電話でやりとりしているうちに、ありえないような高額を請求された。ヘッドライト破損とドアの塗装で三十万円。ボッタくられているとわかったが、事故検証していないので分が悪い。それにウチには三百万円の貯金がある。そこから支払っちまえばいいかと考えていたが、酔っているせいかハズミがついた。

浩二は焼酎をグラスにナミナミと注ぎ足し、景気付けにとカッと呷《あお》る。立ち上がると足がフラついたが、寝室に行って、紀子のクローゼットに「ドシン」と体当たりした。プラスチックケースを引っ繰り返し、ガサガサ、バサッ、ドサドサドサ、ガシャン、と音をたて、アドレス帳を探したが見当たらない。普段使いの紀子のバッグを逆さまにふっても見当たらない。携帯電話にはロックがかかっていてアドレスを開けない。

「ドコだ！」浩二は吠えた。

騒々しさに薫子が泣きだし、紀子も目を覚ました。紀子は薫子を抱きあげて、浩二をギロリとにらみつけた。だが浩二はすでに泥酔していた。

「テメエ、ドコに隠してんだよ。藤原さんの住所」むかしとおなじく浩二はスゴんだ。「俺が決着つけてやるって言ってんだから、モタモタすんじゃねえ、早くだせ！」

ところが生意気なことに、紀子は浩二をにらみ返した。

浩二はムカッときて「なにイキがってんだよ」と、紀子の側頭部を叩く。軽く一発。ひさびさだったせいか、かすってしまったので恰好がつかなくなり、もう一発。今度はしっかりヒットしたが、紀子はクッと背を丸め、腕の中のモノをかばうかのように抱きしめた。およそ半年ぶりに『ビクビクしい』の顔つきに変わり、そのモノを抱えたまま立ち上がった。浩二の探していたソレは薫子の「へその緒」や「母子手帳」と一緒にしまわれていた。アドレス帳を受けとると、浩二はリビングに向かった。

あたらしい封筒をとりだし、表面に「佐々木詩織様」と書く。住所も書き写し、そこに「示談請求書」を同封した。事故の相手がバカでよかった。携帯電話で交渉済みとみなしたからか、請求書といってもカタチばかりの代物で、ガキみたいに汚い字で「修理にはいくらかかるか」をズラズラ書き連ねてはいるが、本文にこちらの宛名――高橋浩二様とは書かれていない。どうせヤツらは、タカる相手なんか誰だっていいんだ。俺の名前も憶えちゃいねえ。それとも「たかはしこうじ」は難しすぎて漢字が思い出せねえからハショった、ってか。自分の思いつきに笑えてくる頬を引きしめつつ、ヌカリはないか入念にチェックする。こうなってくると、相手がバカだけに手ほどきがいる。ヤツらにも一報入れておいたほうがいいだろう。浩二は便箋に「請求書を受け取りました。金は佐々木という者が支払います」と一筆書いた。文末には藤原さんの住所と電話番号も書き添え、自分の住所は書かずに封筒に入れる。

酔っているとはいえ耳クソ程度の理性もあり、それが「このヤマはシラフになるまえにやっつけちまえよ」と緊急指令をだしていた。

浩二はジャンパーを引っかけ、千鳥足でおもてへ出た。深夜のコンビニで切手を買って、二通の封筒を投函した。

一週間後、浩二が仕事から帰ると、紀子と薫子は姿を消していた。二百八十万円の現金とともに……。

リビングの卓上には離婚届が置いてあった。紀子の箇所はすでに署名捺印してあり、用紙に添えられたピンク色のポストイットには、見慣れた文字で『以下の住所に送ってください。わたしたちを追わないでください』と書いてある。住所は紀子の母親の住まいだった。それをみて、思わず、浩二は脱力した。ガクッと肩を落とし、腕はダランと垂れ下がり、ヘナヘナと腰が抜けていたが、心では絶対王者のガッツポーズをとっていた。まるで試合後のボクサーのごとく。

やっとだ。やっと、あの怪物を追い払えた。俺は逃げ切れた!!

人生で、このときほど、浩二が解放感をかんじたことはなかった。常々、浩二は思っていたのだ。俺はもともと女を殴るような男じゃないのに、と。

G県にある山間の田舎町に、浩二は未熟児で生まれた。そのせいかカラダは小さく、やや病弱で、子どもの頃から繊細だった。小学生のときには吃音《きつおん》もあって、中学生になると赤面症になった。高校生になってバイクを乗りまわし、よい仲間にも恵まれて、ちょっとのワルさとナンパはしたが、どうにも女とのつきあいは得意ではない。モテないこともなかったが、口説くのはヘタクソで、セックスは弱いほうじゃなく、むろん酒にも強いほう、働くことも嫌いじゃない。男なら誰もがそうであるように、一に仕事、二に仕事、三四がなくて、五に仕事、生甲斐のために死にたいと志す性格だったのだ。

しかし、紀子と出会ったのが運の尽きだった。あの女は怪物、いや。怪獣ゼットン、メフィラス星人だ。目をみはるほどの魅力のなさに、なぜだか惹きつけられてしまい、気がついたときには、自分の心の弱い部分だけでなく細胞の隅々まで操られていて、身動きがとれなくなる。すると、アイツは誰にでもあるほんのわずかな嗜虐性を掘り当てて、くすぐり、開発する。あいつといると、自暴自棄な、恐ろしく俗悪な、残忍な男に改造されてしまうのだ。そんなことをしても、なんの得もないだろうに。なぜだ。なぜ俺を改造したがる。その問いを、何度、浩二は自分自身にぶつけたことか。でも、その答えがいまならわかる。俺という男を貶《おとし》めるために、アイツはそうしていたのだろう……。

だから、いま、人生をやり直そう。紀子と出会うまえの、あの二十歳のところから。その僥倖に浩二は震え、さっそく離婚届に署名捺印して投函した。これまで浩二を歪めていた女と、きれいさっぱり縁が切れたのだった。

三年後――佐々木徹

自分は托卵《たくらん》されていると、徹にはわかっていた。詩織は不倫していたのだ。遡ること四年前、詩織の金遣いが異様に荒くなり、昼夜を問わず外出し、なぜだか周期的に自分を求めるようになった。最初の疑念はこのときかすめた。

長らく避けられてきたのに、こうも積極的になるのはおかしい。なにかを欺くために自分との行為を利用しているんじゃないか？　と。

だが徹は詩織を抱いた。求められるがままに。まもなく詩織は妊娠した。当然「お腹にいるのは夫婦――徹と詩織の子だ」と、自分以外の家族は認めた。徹は半信半疑だった。おくびにもだしはしなかったが「もしかしたら、詩織のお腹の子は、自分の子ではないかもしれない」と疑わずにはいられなかった。

確信したのは、出張先に電話があり「流産した」と母親から聞かされたときだった。徹はこれでも二児の父親だ。妊婦についての知識は浅いが、詩織は健康そのもので、ましてや安定期に入る直前だった。ふと「流産というのは偽りで、詩織は中絶したのだ。おそらく自分ではない男との子どもを」と直観した。推測するに、詩織はその子を徹に扶養させるつもりだったのだろうし、愛人はきっと異を唱え、堕胎できるギリギリの時期まで揉めていたのだろう。流産後、それを裏打ちするかのように、詩織は鬱状態になった。愛人とは破局したのか、外出もしなくなり、家族の誰とも話さない。それが一転、躁状態になったのは秋口だったか。突然「しばらく紀子とママの別荘にいく」と言いだした。詩織は露骨に美しくなっていき、例の男との関係が復活したことに、否応なく徹は気づかされた。その出奔は二ヶ月間に及んだ。あとは離婚届が郵送されてくるのを待つばかりの徹だったが、ある日、詩織はふらりと帰ってきた。N県から長距離タクシーに乗って、カシミアのコートの下は寝巻姿、荷物はぜんぶ別荘に置き去りにして。美しさは跡形もなく、ボロ雑巾のようになっていた。

　詩織のひどいやつれようから「身も世もなくなるほどの大恋愛」が終焉を迎えたことには察しがついたが、詩織は徹に弁解ひとつしない。まつわる言い訳すべてを「親友の紀子と云々」一辺倒にしていたのだから、そもそも徹に隠す気などなかったのか。佐々木家もしくは徹宛に、次々と送られてくる請求書の明細をみれば、この一年半ふたりがなにをしていたのかは一目瞭然だった——深夜タクシー料金（往復）、レストラン飲食代金（二人分）、都内ホテル一泊料金（二人分）、自動車運転免許取得代金、N県で購入された中古車代金（自賠責保険料込み）、××銀行N県支店で引きだされた多額の現金、交通事故の怪しげな示談金。愚かとしか言いようがない。男に貢いで捨てられた詩織も、全額引き受けている徹自身も。詩織はいまや病人同然で、家庭は壊されていた。それでも徹は問いたださなかった。知ろうとする態度は敗北を意味する。

伴侶の不倫の代償を、三年後のいまも、徹ひとりが支払っていた。

詩織の精神状態が悪くなってから「自分は人間的に欠陥があるのかもしれない」と徹は考えるようになった。嫉妬心だとか、復讐心だとか、競争心だとかが、ひとよりだいぶ希薄な気がする。子どもの頃から淡白な性格だったと思うが、詩織との結婚が、その傾向にいっそう拍車をかけたのかもしれない。徹にとって詩織は美しすぎる伴侶だった。

いまになって思えば、徹がなにかを獲得しようと躍起になったのは、あとにもさきにも詩織だけだ。彼女を自分のものにしたい。こんなチャンスは二度とない。男であれば誰だって惚れずにはいられない美しさ、高潔さ、聡明さ、ほのかな色気と清純さをも併せもった、詩織はいわば女神だった。めでたく女神と結ばれて、甘い新婚生活に突入するかと思いきや、そこから徹の葛藤がはじまった。若さゆえ「女神と結ばれた人間の男」は、神になれると考え違いをしていたが、信者になるしか道がなかったのだ。なにしろ女神は心をみせない。自尊心のかたまりで、つけいる隙がなく、いつでも他人を見下している。人生になにも求めず、誰のことも必要としない。それでいて愛情深いところもあり、気遣いができて、博愛の精神に溢れていた。詩織が完璧さを誇れば誇るほど、自分のつまらなさがきわだってかんじられ、やがて徹を追いつめていった。一方で、自分の収集癖はとうに満足していることにも気がついていた。ここで徹は折りあいをつけた。ぬくもりのある愛は与えて貰えなくとも、詩織という「世にも美しい蝶をピンで留め、ガラスケースに収め、自分の部屋に飾ること」でよしとしよう、と。

だからというわけではないが、徹は弱りきった詩織をみるのが好きだった。二日前に義母——詩織の母親が癌で亡くなった。今日はその通夜なのだが、着替えを途中でやめて、寝室のベッドの脇にくずおれている詩織をみていると、徹の心は充たされた。熱く新鮮な感情がほとばしり、末端まで一挙に流れこむ。詩織の美貌は趣を変え、いまでは凍った花のような脆さ、儚《はかな》さを湛えていて、性的な興奮を覚えることすらままあった。

「お義母さんに会いにいかないと」徹は詩織に声をかけた。

しかし詩織はぴくりともしない。遠くに視線を放りだし、膝を割ってぺたりと座りこんでいた。

徹は詩織のワンピースのファスナーをあげ、ジャケットに腕を通させる。

「裕樹も雅樹も待ってるよ」詩織の脇腹に腕を差しこみ、徹は強引に立ち上がらせた。「ほら立って。タクシー呼ぶから、下にいこう」

「行きたくない」詩織はつぶやいた。「私はもうあの家の娘じゃないから」

小声ながらも毅然とした詩織の態度をみて、徹はすぐに断念した。義母の闘病中、詩織の弟から三度、徹に電話があったのだ。

「母の癌はもう末期で、脳にも転移しているらしいんです。モルヒネ点滴しているのもあって、たまに幻覚をみたり、へんなことを言いだすようになったから、姉さんも早く会っておいたほうがいいと思います。姉さんが携帯電話にぜんぜんでてくれないので、お義兄さんから伝えてください」というのが一度目で、

「調べてみたら、母の癌を治すのに、免疫治療というのがあるらしいんです。それには保険が効

かないので、かなりお金がかかるらしくて……ボクらも払うつもりですが、姉さんたちからも三百万円ほど援助していただけたら、なんとか母に治療を受けさせてやれそうだったんです。姉さんにも電話で伝えたのですが、アレ、なんなんですかね。姉さんは『私はもうあの家の娘じゃないから』って、その一点張りで。先週、治療を受けられる期間が終わってしまったこと、姉さんに伝えてください」というのが二度目、

「一昨日、姉さんがやっと見舞いにきてくれたのに、母は誰だかわからなかったらしくて。加奈が言うには、母が『この女を追いだして。早く、恐い、殺される』って騒いだみたいで……姉さんは泣きながら帰ったって。でも姉さんも姉さんで、だいぶアレですよね。聞いた話では、すごく痩せたみたいだし、会話も嚙みあわないかんじがあって、みんな、なんでこんな……いや。すみません」というのが三度目だった。

徹が母親に訊いてみると、詩織はたしかに一回きりしか見舞いにいっておらず、電話にもほぼでていないようだった。引きずってでも参列させるべきか迷ったが、徹は詩織を残すことにし、裕樹と雅樹と三人で通夜へ向かった。

佐々木家のそれとは違って、義母の通夜は、妙な具合に浮《うわ》ついていた。

会場は一般的な「葬儀場の一室」なのだが、無宗教の式ゆえ読経《どきょう》も焼香もなし。壁際には軽食が並び、まずは義母の好んだシャンパンがふるまわれる。立食パーティーと見紛うような談笑があちこちから漏れ聞こえ、喪服姿は極端に少ない。徹は戸惑って、息子たちとトイレに行き、十

分ほど時間を潰した。スピーカーからビートルズの曲が流れだしたのを合図に、ようやく献花がはじまった。献花は真っ赤なハイビスカスで、棺で眠る義母は南国風の鮮やかな花々に包まれていた。花を手向《たむ》け終えると、詩織の親族が手作りの小冊子を差しだしてくる。中身は「義母が手がけたインテリア・デザインの作品集」で、どうも香典返しのようだった。司会が弔電を読みあげたあと、義父が挨拶をした。冗談を交えながら生前の義母のようすを語り「妻はいま未知なる世界へと旅立ちます。みなさん拍手で見送ってください」と締めくくる。裕樹も雅樹も棒立ちになっていたが、徹は軽く掌を打ちあわせ、場内には拍手が響き渡る。すると、どこからか生バンドがあらわれ、義弟一家がジョン・レノンの『イマジン』を歌いだした。その曲があたかも賛美歌であるかのように、歌声は自然と増えていき、涙まじりの大合唱になっていく。嗚咽《おえつ》、笑い、号泣、大笑い。藤原家の特殊な慣習に内心では面食らっていたが、佐々木家は得意のポーカー・フェイスを貫いて、なんとか眉をしかめることなく参列しおおせたのだった。

帰り道、徹は息子たちをラーメン屋に誘った。裕樹は十四歳、雅樹は十一歳で、ふたりとも育ち盛りだ。チャーシューメン、タンタンメン、チャーハン、春巻き、酢豚、餃子三皿、コーラとビールも注文したが、ものの十分もしないうちに、ぺろりと平らげた。食べ終えると、裕樹は携帯電話をいじりだし、雅樹は店内のテレビにみいった。

「成績はどうだ?」ビールを啜って、どちらに訊ねるともなく徹は言った。

だが、ふたりともなにも聞こえていないかのような顔をしている。徹は億劫《おっくう》になり、テレビをみあげた。バラエティ番組がＣＭに切り替わり、答えたのは雅樹だった。

「ふつう」ふいに、ぼそっとした平板な声が聞こえ、

「……え？」なんのことかわからず徹は訊き返した。

「成績」雅樹が言う。

「そうか」なんだ、聞こえていたなら返事くらいしろ。腹立たしくもあったが、口を利けるのは嬉しくもあり、徹はあらたな質問を繰りだした。

「学校はどうだ？」

「ふつう」

「そうか。塾は？」

「ふつう」

「そうか……」

そこで、ふつりと会話は途絶えた。雅樹はバラエティ番組に気をとられ、徹も訊きたいことがない。最近とみに息子たちとは話をしなくなっていたが、少年期を経てきた徹にも身に覚えがあった。自分はこの年齢になってもなお母親とはまともに話ができない。口下手な徹にしてみれば、なにかとうるさい母親は手強く、ある種の距離を保つのが精一杯なのだ。なにしろ母親は勝気だから。見栄っぱりで浅薄でもあるが、働きものだし情に篤《あつ》い。孫の面倒はよくみてくれるし、詩織の不倫にも気がつかないほどのお人好しで、いくつになっても女性らしいいひとだと、徹には思えていた。

帰宅後、徹は風呂に入った。徹が湯船に浸かるや否や、いつものように母親が声をかけてくる。透視能力でもあるかのようにふしぎと毎日ぴったりの間合いで、母親から些末なことを質問され、それに律儀に答えるのが、子どもの頃からの習慣だった。

「明日の告別式は行かないんでしょ？」曇りガラスのドア越しに母親が訊ね、

「そのつもりだったけど、行ったほうがいいかな？」徹が訊き返すと、

「別に行かなくてもいいんじゃないの。詩織ちゃんが行かないんだから」母親はさらりと答えた。母親のさっぱりとした口調はいつでも徹を安心させてくれる。裏表がなく、自分に正直で、とにかくあかるい。

「裕樹も雅樹もそれでいいわよね？」母親が言って、

「いいと思うよ」徹は答えた。

「今日の喪服はクリーニングにだしちゃうわよ」

「うん」

「明日の朝、詩織ちゃんの気が変わったときのために、あなたたちの、あたらしい喪服はリビングに吊るしておきますからね」

「うん」

「お数珠《じゅず》はズボンの右ポケットで、お香典は三十万円でいいわね。ジャケットの内ポケットに入れておくわ。だけど明日はラーメンは禁止よ。裕樹と雅樹のからだに毒だから、せめて焼き肉くらいにしてちょうだい」

「わかった」

「じゃあね。おやすみ」バスタオルを用意し、母親は洗面所から出ていった。

徹が母親を見直したのも、三年前だ。ボロボロになって帰ってきた詩織を受けいれただけでなく、いまでは実の娘のように可愛がってくれている。自分たち夫婦と孫の世話を焼き、家事のいっさいをも請け負っている。おかげで徹はずいぶん助けられた。母親に唯一難があるとすれば、切り盛りの仕方だ。母親は詩織に輪をかけて浪費家だった。湯水のごとく金を使う。だが徹の父親もその苦難を乗り越えたのだ。徹は父親を尊敬していた。若くして亡くなったものだから、指南を受けることも叶わなかったが、もし父親が生きているとしたら、教えて貰いたいことはたくさんあった。母親との接し方、息子たちとの接し方、そして伴侶への接し方……。ごく稀にノスタルジックな感情に駆られもしたが、叶わぬ夢を追求するような徹ではなかった。

風呂からあがり、寝室に向かう。ドアを開けると、詩織は喪服のままベッドにうつぶせていた。横顔は青白く、あれからずっと泣いていたのか瞼が腫れぼったい。徹は詩織のジャケットを脱がせ、ワンピースのファスナーを下げて、ブラジャーのホックを外す。自分の口に水を含み、睡眠薬といっしょに詩織の唇を開いて押し入れる。

「いい?」詩織はなにも返してこないと知ってはいるが、徹は訊ねる。自分に了解をとるために。あるいは、こんな詩織でも了解をとろうと努める自分を愛するために。

徹はやや乱暴な手つきで、詩織の小さく萎《しぼ》んだ乳房をつかみ、浮きでた恥骨を舐めまわす。股を開かせ、顔を埋める。このあとはむろん恥辱そのものだ。以前の徹なら絶対にしなかったような淫らな行為に及ぶのだが、毎晩こうしているうちに、なぜだか詩織の肉体はかんじやすくなっていく。ある種の強姦もしくは自慰行為には違いないが、徹は詩織を抱いていた。徹は何度でも肛門に射精した。避妊具をつけずに済むし、詩織が痛みに顔を歪めると、彼女がまだ生きていることを実感できる。地獄に堕ちる快楽があった。

五年後――佐々木詩織

パパと弟の後ろ姿、お焼香の細い煙、百合の花の香り。

詩織がママの通夜にも告別式にも参列できなかったこと、最期のお別れを言えなかったことを、いまでも責めているかのように、繰り返し、繰り返し、おなじ夢をみる。正面に祀《まつ》られた祭壇の棺にはママがいて、骨と皮ばかりに痩せた身を横たえ、いまも悲嘆に暮れている。かわいそうな詩織のために。もう生きていないのに、胸を痛め、涙をこぼし、目の縁を赤くして、私を待っている。自分はでも一歩も進めない。斎場の外の真っ暗な道端から、遠巻きにみているだけだ。とてつもない疎外感に苛《さいな》まれながら……。

またあのママの悪夢か。

目覚めたわけではないが、詩織はぼんやりそう思う。またあの夢の中にいて、私は動けなくなっているのか、と。ママに会いにいけなかった自分を、葬儀から二年経ったいまも許せずにいるのは、ほかでもない、詩織自身だった。

それでいて、いつもの夢にしては違和感がある。高校の制服を着た裕樹が、喪服姿の徹の傍で、弔問客に挨拶をしているのが、なんだか妙だ。中学生の雅樹も制服姿で、詩織の腕をとって歩きだし、斎場へと連れていく。詩織は最前列のパイプ椅子に座らされ、雅樹も右隣に腰掛けて、携帯電話をいじりだした。詩織は肩をこごめ、顔をふせた。ママの死に顔を目にするのが恐ろしい。こうしていれば、長く伸びきった自分の前髪の奥に隠れられる。まもなく裕樹は自分の左隣に、その左隣に徹も着席し、葬儀がはじまった。髪の隙間から盗み見ると、詩織の親族のものにしては、僧侶の袈裟《けさ》がみたこともないほどけばけばしい。すると徹が洟を啜りあげた。ママの死をかなしむような情の通ったひとじゃないのに。不審に思って、遺影をみあげると、そこには姑がいた。ママじゃなく。

ということは、自分は姑の葬儀に参列しているのかも知れない。

突然、詩織の鼓動は激しく打った。歓喜のあまり、ドキドキが止まらない。まるで夢のようだった。どうか夢じゃありませんように。夢じゃありませんように。一心に祈りながら、そっとまわりをうかがうと、弔問客は知らない老人ばかりで、パパも弟もいない。僧侶の痰《たん》が絡まったダミ声は、とても生々しく、自分の喪服のカビ臭さも、とてもリアルだった。大丈夫、大丈夫、きっと現実に違いない。姑は死んだのだ。カッカ、カッカ、と頭に血が上る。顔じゅう紅潮していくのが自分でわかる。生きるちからが漲《みなぎ》って、毛穴という毛穴から、いまにも噴きだしそうだった。焼香と献花が終わると、徹が喪主の挨拶をした。姑が脳梗塞で亡くなったこと、就寝中に誰にも看取られず息を引きとったこと、おかげで介護もなく家族は助かったこと、それもこれも母親の懐の深さだと捉えていることなどを、徹は身も蓋もなく語り、詩織は現状を把握した。

姑の葬儀の翌々日、またしても思いがけないかたちで、詩織に転機が訪れた。

その日、徹の帰宅は深夜で、詩織は寝室で眠っていた。この一年は夫からの嫌がらせが途絶えていたので、詩織は瞼を閉じていた。徹は上着を脱いだのか、ガサゴソと布のこすれあう音がし、次いで、カチリとグラスがぶつかる音がした。一瞬、不吉な予感が走ったが、詩織は息を潜めた。しずけさのあと、ふいに詩織の唇がざらついた指でこじ開けられた。徹の濡れた唇が押し当てられて、べちょっとした嫌な感触に総毛立つ。唇から生ぬるい水が注ぎこまれたとき、詩織はこれから犯される自分を、これまでになく、はっきりと意識した。こうして水を含まされたあとは、錠剤を流しこまれ、それを飲みくだしたら最後、頭がぼうっと働かなくなる。身体は鉛のように重たくなり、徹の意のまま凌辱される。夫を裏切った罰とはいえ、贖罪《しょくざい》というにはあまりに酷な、非道の仕打ちがはじまるのだった。それにしても、やっと姑が亡くなって解放されたというのに、またその嫌がらせが再開されるとは。

おそらく姑の支配下にいたのは、詩織だけでなく、夫もおなじだったのだろう。姑がいなくなって、すでに政権交代はおこなわれていた。徹はこの家の主として君臨し、詩織をいじめ抜くことで、独裁的な気分に酔おうという魂胆だ。権力者には飼い慣らされ、弱いものいじめしかできない、徹という男。野卑で小心者の小狡《こずる》い男……。

そこまで考え至ると、女の自分でもふしぎと勝てるような気がしてくる。詩織は反撃にでようと覚悟した。徹にけどられないよう、眠りのぬくもりを剝ぎとって、舌で錠剤をこっそり選り分ける。口中に粉っぽい苦味をかんじたが、水だけ飲みこみ、錠剤は舌と歯のあいだに隠す。しどけなくみえるよう薄目を開け、シーツにだらしなく腕を放りだし、徹が抱きついてくるのを待つ。覆いかぶさってきた徹にしがみつき、詩織は徹の首すじ越しに、プッと丸い錠剤を吐きだした。詩織が膝を折って股を開いてみせると、徹が詩織の乳房をまさぐってくる。むしゃぶりつく徹を、また少し泳がせた。体勢をととのえるため、徹がほんのわずかに身を起こし、二十センチほど自分から離れた、その腹に、詩織は思いきり膝頭を引いて、めいっぱい蹴りだす。膝頭は徹の腹にめりこんだ。

グウッ。

徹が鈍いうめき声をあげて、うずくまる。背を丸めかがみこんだ隙に、詩織は脚を大きくふりあげて、自分の踵《かかと》を、徹の頭にふり落とす。

ガチッ。

骨と骨がぶつかりあう気色悪い音とともに、詩織の踵にも激痛が走ったが、ベッドから跳ね起きた。立ちあがって、徹をみおろす。徹は両腕で頭を抱え、ベッドのうえをおおげさに転げまわった。痛みを与えることには快楽を覚えても、与えられることには慣れていないのか。報復の喜びよりも、憎悪がうわまわり、さらに諦観が勝っていた。

「……どうして……?」徹は涙目で詩織をみた。

「……どうして……」詩織は無為に繰り返した。

ほんとうに、なぜなのだろう。

徹は詩織を愛しているが、詩織は徹をもう愛せない。しかし一度でも、愛したことがあったのか。この男を。男という生き物を。詩織はわからなくなっていた。

わからないまま、家族四人の生活がはじまった。

この五年間、詩織は病人同様だった。息子たちと夫の世話は姑に任せ、詩織は寝室に閉じこもっていた。深夜や早朝、あるいは真昼の、誰もいない時間帯を見計らって、冷蔵庫にあるものを少し食べ、素早く入浴する。運動不足になると、寝室で腹筋やスクワットをし、一日の大半を眠ってすごす。携帯電話の充電器は徹に壊され、市販の睡眠薬や精神安定剤を飲まされていた。詩織はいつしか家族の目を恐れるようになった。夫の復讐心に充ちた粘着質な眼差し。息子たちの憎悪にまで育っていない薄っぺらな嫌悪の視線。そうして詩織が引きこもればこもるほど、姑の望んでいた理想の暮らしに近づいているかのようだった。だが、その姑はもういない。夫からの罰も充分に受けた。誰にも屈しない意志が、詩織の中に溢れていた。

詩織は一念発起し、自らの立て直しをはかった。まずは、昼夜逆転していた生活をただし、朝早く起きて、朝食と息子たちの弁当を作る。午前中は洗濯と掃除。午後は買い物をし、風呂を沸かし、夕食を作り、息子たちと食卓を囲む。それだけのことなのに、詩織には初体験で、右も左もわからない。ママや姑がやっていた方法を思い出し、なんとか模倣したが、それでもうまくいかないときには、ネットで調べ、本も読んだ。毎日なにをするにも手間取って、失敗も山としたが、時間だけはたっぷりあった。日々の営みというものは、細部のひとつひとつの積み重ねなのに、いくらやっても評価されない。俯瞰してみれば、なにひとつかたちを成さない。水際の砂の城のようだった。

息子たちは、姑ならなんなくこなせた家事のいっさいに、いちいち躓《つまず》く詩織の姿を、はじめのうちこそ遠慮がちに傍観していたが、しだいに裕樹は詩織を無視し、雅樹は暴君のごとくふるまうようになった。

裕樹は詩織の作る食事にはろくに手をつけず、財布から無断で金をくすねては、自分で買ってきたスナック菓子やコンビニ弁当を食べるようになった。自室に閉じこもり、なにを訊ねても返事すらしない。他人に関心がもてず、会話を拒むことで自己防衛する性格は徹似で、他人に心を開けず、内にこもるやり方は詩織似だった。

雅樹は外交的な性格だったが、妙に神経質なところがあり、癇癪《かんしゃく》持ちの少年になっていた。風呂の湯が熱いと言っては怒り、明日着るつもりの洗濯物がそろっていないと言っては怒り、炭酸飲料の買い置きがないと言っては怒る。怒ると階段や廊下の壁を拳で殴り、火山口のようなかたちの穴を開けた。雅樹はでも口を利いた。挨拶もするし、機嫌がいいと世間話もするのだが、冗談めかした口調で「ほっとけ、バーカ」「マジでウゼエ」などと詩織を積極的になじりもした。詩織がもっとも堪《こた》えたセリフを耳にしたのは、雅樹の制服のボタンが垂れ下がっているのをみつけたときのことだ。とれかかったボタンをつけ直すため、上着を脱がそうと詩織は腕を伸ばしたのだが、雅樹は詩織を突き飛ばした。そして唾《だ》棄《き》するように言った。

「キモイんだって。触んじゃねえよ。詩織ちゃんは俺を産んだだけじゃん?」と。

年頃の男の子はみな、そんなものなのかもしれないが、幼い息子たちとの蜜月期を味わえなかった詩織に、その理不尽さは受け入れ難く、深く傷つけられた。兄弟それぞれのやり方で、ふたりとも詩織を邪険にした。そのくせ自立からはほど遠く、入浴後のバスタオル一枚でさえ自分で用意できない。あんなに切望した息子たちとの生活も、夢見ていたものとは違っていた。

半年後、詩織は知った。姑は生前ほとんど監守のようだったが、看守がいるからここが監獄たりえるのと同様に、この自分本位な男たちをかろうじて家族たらしめていたのも、姑の存在ひとつだったのだ、と。

詩織にとって、人生最大の不幸は、香織という名の娘を紀子に盗まれたことだった。そして姑の死は、詩織の人生最大の幸運だった。最大の不幸と幸運と、すでに帳尻があっていた。収支があうと、ひとは自分の不幸を、ある程度は水に流せる。

永遠に愛せないとわかってしまった夫。息子のひとりからは無視されて、もうひとりからは奴隷のように扱われる自分。傍目には悲惨な崩壊家庭だった。それでいて詩織には自由があった。なにせ姑がいないのだ。娘を紀子からとり戻し、いまの生活に迎えいれることは、自分の自由が奪われることと、まったくのイコールだ。それに息子たちをみればわかる。産みの親より、育ての親。娘はもう五歳。いまの環境から引き離されることを全力で拒むだろうし、詩織の存在を全力で否定するのだろう。

だから詩織は忘れることにした。ママの訓示の通り、たったひとつの意志を胸に。

娘を探してとり戻したい、この腕に抱きたい、ずっとそばにいたい。香織を失ってからというもの死んだように生きた五年間。自分の人生を狂わせた女たち――ママの呪縛。姑への憎悪。娘への思慕。親友の裏切り。自分自身への失望を、忘却の彼方に追いやった。

九年後――太田紀子

「お母さん、お願い。約束、守ってね」

今朝、娘の薫子は生まじめな顔つきで念を押した。紀子はしゃもじを手にして「はいはい」と答えた。炊飯器の開閉ボタンを押すと、重たいフタがゆっくりと開き、モワッと立ち昇る蒸気は甘く芳《こう》ばしい。トーストを咀嚼しながら皿を下げにきた薫子が、流しに立つ紀子の傍で「やった！」と飛び跳ねた。「友だちとおなじヘアスタイルにするの」と、腰まで伸ばした長い髪を自分でふたつくくりにし、意気揚々と登校していったのが、およそ三十分前。紀子は塩むすびを握って、水筒に麦茶を用意した。今年のお弁当は手作りして欲しいと、せがまれていたのだが、やはり手がまわらない。作る労力はともかく、経済的な理由から、薫子が思い描いているような豪華弁当の食材費までは捻出できないことを、紀子はいまだに話せずにいた。例年とおなじく出来合いのコロッケや春雨サラダをタッパーに詰め替える。勤め先からタダで貰ってきた売れ残り品だが、これも紀子がこしらえた惣菜には違いない。れっきとしたお母さんの手作り弁当だ。気をとり直して、アパートを出ると、秋の空はからりと晴れていた。金木犀《きんもくせい》の香りが風に運ばれてくる。ドン、ドン、と空砲が聞こえる。絶好の運動会日和だった。

紀子にとって、小学校行事でもっともツラくなるのは、この運動会だ。朝八時四十五分に開会式があり、競技は二十六種目。一学年につき三種目しか出番はないのに、すべて終えるには夕方までかかり、しかも競技はまとまっておらず、タイムスケジュールは公表されていない。これが発表会や授業参観であれば、保護者の目は教師や子どもたちに一心に注がれ、あっという間に時間は経ってくれるのだが、運動会だとそうはいかない。自分の子どもの出番の間隔が開いてしまい、暇をもて余したママ友同士は、そこかしこで井戸端会議を開催する。ママ友とのつきあいが苦手な紀子は、ひとめを避けるようにして、校庭の片隅で孤独な一日をすごさなければならないのだった。

足取りも重く学校へ向かい、校門をくぐると、陽の当たる人気の場所は、家族連れで埋め尽くされていた。お母さん、お父さん、祖父や祖母やきょうだい。緊張と興奮が入り混じった空気が蔓延する中、紀子は木陰の薄寒く湿った場所に、半畳ほどのレジャーシートを敷いた。グラウンドの円周に沿って、楕円形に引かれた白線の外側には、カメラを載せた脚立がぐるりと囲む。折りたたみ椅子に腰掛けた父親たちは、みな一様に眠たそうな顔つきでカメラ番をしていた。紀子はシートに座り、携帯電話をとりだした。時代遅れのガラケーをパカリと開くと、アルバムの情報量は満杯で、しかたなく何枚かの写真を選びだす。クシャリと乾いた音とともに、幼い薫子の写真を消去した。これまで携帯電話の写真を現像したことなどなく、薫子の成長記録は、ここにしか収められていないというのに……。と、こんなときだ。惨めな気持ちにさせられるのは。デジタルカメラ、ＤＶＤデッキ、電子ピアノ。勉強机、ゲーム機、パソコン。どれも薫子に何度となくねだられていたモノだが、紀子には入手困難な代物だった。

紀子が浩二と離婚したのが九年前。浩二のもとを逃げだして、まずは実家の母を頼ったのだが、母の住まいには再婚相手がいた。畑のどまんなかにある古い団地は狭く、でっぷりと太ったドラッグストア店長は退職し、ふたりは年金暮らしをしていた。できの悪い娘と孫はむろん歓迎されなかったが、紀子はすぐに再就職先を探した。実家の隣町にあるＳ県Ｔ市のスーパーの惣菜コーナーに職を得て、母に薫子を預けて勤めだした。勤め先のスーパーから徒歩十分のアパートを借りたのは三ヶ月後だ。築三十年の物件だったが、都内に比べれば格段に家賃も安い。錆びついた階段の手すりや、外置きの洗濯機、聖書をくれたミサ子という老女を思い出させるような隣人もいて、自分の幼少期を彷彿とさせる環境を好もしくかんじていた。薫子はその春から保育園に通いはじめた。Ｔ市にも待機児童問題はあったが、紀子がシングルマザーであること、薫子が○歳児であることも得点につながり、難なく入園できたのだった。

以来、紀子は忙《せわ》しなく暮らした。朝から晩まで働いて、子育てに孤軍奮闘し、相変わらず美人ではなく、裕福でもなく、夫も、友人も、親友もいない。価値あるモノはなにももち得ていなかったが、唯一無二の宝物――自慢の娘がいた。

小学三年生になった薫子は、勉強もできるし、運動もできて、音楽も得意だった。なにをやらせてもソツがなく、いつもクラスで二番か三番目だ。さらに美貌という点では突出していた。学年どころか、地域でいちばんの別嬪《べっぴん》さんだった。

吹奏楽部の演奏が響き渡り、開会式がはじまった。携帯電話をカメラモードにして立ちあがり、保護者の人垣をかきわけて、紀子は白線ギリギリまで身を乗りだした。一年生から順に、子どもたちが行進してくる。赤白帽と、白い体操着、紺の短パン。今年の薫子は白組だ。よく目立つので、遠目からでも、すぐにわかる。どの子もみなそうしているように、はにかんだ笑みを浮かべて、キョロキョロとあたりをみまわしていた。

薫子の顔は小さく、上背もあるが、肢体は華奢《きゃしゃ》で、引き締まってもいる。どことなく気品があり、仕草は流麗なのに反して、笑顔になるとフニャッと崩れて、庶民的な親しみやすさをかんじさせる。とりわけ印象的なのは、キラキラと輝くパッチリとした瞳だ。茶色がかった黒目は透明感をよりきわだたせ、青みがかった白目は聡明さの証にみえる。バラ色の頬、スッとした鼻すじ、クルンと長いまつげ。やや膨らみのある唇だけが妙に大人びていて、そのぽったりとした隙間から、光沢のある白い歯を覗かせていた。

自分の子どもと手をふりあって、ひとわたり写真を撮ったあと、保護者たちが目を惹かれるのは、いつでも薫子だ。薫子をみてヒソヒソ噂しあうママ友同士、思わずカメラのシャッターを切ってしまいそうになる父親たち、うっとりと魅入られる祖父母たち。

あの美しい子が、わたしを探しているのだ！

紀子はハイテンションになって、薫子に向かって「おーい！」と手をふった。自分でもギョッとするほどの大声がでた。隣にいた保護者がビクッとして紀子を避けるほどだったが、なぜだか薫子は気がつかない。ピッと姿勢をただして、まえをみつめて整列し、紀子には背を向けた。紀子はもう一度「おーい、おーい！」と呼んだ。しかし薫子は前方を向いたまま。聞こえないはずはないのに、肩を上下させたり、手首をまわしている。校長が壇上に登るのをみて、紀子は焦った。校長の挨拶がはじまれば、薫子に自分の存在を報せられなくなってしまう。今度は声をふり絞り、思いきり「おーい！」と叫ぶ。すると校長がパッと顔をあげ、目を細めて紀子のほうをみやった。

「元気のいいお母さんですね」

マイクテストを兼ねるかのように、校長が笑顔をみせる。全校生徒とともに、ようやく薫子がふり返る。薫子はおっとりと指を顎に添え、きょとんとした表情をしている。かすかに小首をひねり、ちょっと唇を開いているさまは、まるで「あのオバさん、誰の知り合い？　おかしなひとね」とでも言いたげだった。

薫子が紀子を避けるようになったのは、いつからだったか。

ふたりきりでいると、いまだに抱っこをしたがるし、おなじフトンで添い寝したがるというのに、他人の目があるところでは、わたしを母だと認めない。これは、わたしの容姿のせいか。貧しいせいか。シングルマザーだからか。モヤモヤと落ちこみかけたが、子どもの頃は自分も母を避けていた、それもまた成長なのだと、紀子は思い直した。

シートに戻ってプログラムを確認すると、薫子の出番まではまだだいぶある。膝を抱えて座りこみ、仮眠をとろうと腕の中に頭を埋めた。しかし眠れない。離婚してからというもの、睡眠不足に陥ってひさしいのだが、その原因の一端は詩織にあった。ふだんは忘れていられるのに、疲れがたまって眠れないと、むかしのことを思い出す。

思い出すのはいつも中学時代で、詩織はさりげなく女子にイジメられている。運動会では足を引っかけられて転ばされる。上履きは焼却炉に捨てられ、机には「ブス」と落書きされる。女子全員から無視されていた時期もあったし、やっかみ丸だしの悪口をこれみよがしに言われたりもしていた。紀子はでも詩織に味方した。詩織はたしかに傲慢な人間だったが、不器用なだけで根っから悪い子でもなかったからだ。そうやって、女子からは反感を買い、男子は自分に近よらせもしない。痴漢やナンパには、年がら年じゅう遭っていて、他校の男子生徒から告白されることも、しょっちゅうあったが、クラスの男子はみな遠巻きに接していた。もっとも詩織の容姿というのは、どこか女性受けする類の冷たげな美しさで、男性からすると「気が強そう」「冷たそう」「なんか恐い」と評されてしまうものなのかもしれなかった。

いずれにせよ、少女の詩織がイジメられた理由は、容姿ではなく性格にあった。完璧主義というか、極度の潔癖症というか。詩織の「まあ、いいか」という楽天的な口癖はあくまでポーズにすぎなかった。トップに立たなければ気が済まず、そのための努力も惜しまないが、なんでも『いちばん』を獲ろうとし、実際に獲ってしまうのだから、まわりじゅうを萎縮させる。もって生まれたモノ――親の経済力、天性の美貌だけでなく、勉強や運動にも自ら励み、冗談や話術のセンスも磨き、飛ぶ鳥を落とすいきおいで人気までも独占する。クラス替えがあるたび、いっときは詩織が天下を獲るのだが、他人を無価値だとみなす態度は変わらないので、やがて凋落するのは当然だった。

でも詩織は飛び抜けて美しかった。いまでも唇がよく覚えている。詩織の肌にくちづけた感触は、忘れもしない十四歳のときのものだ。

詩織の家に泊まった日、紀子はおかしな儀式を受けることで許しを乞うて、今夜限りという約束で、詩織を愛撫させて貰ったのだ。あの夜の、詩織の吸いつくような肌、貝のかたちをした桃色のピラピラと、内臓を思わせる赤々とした中心部分。甘酸っぱい香りの底なし沼。彼女の内部にとりこまれると恍惚とし、自分は溶けてなくなってしまうが、それでぜんぜん構わない。詩織が生理になれば、必然、自分にも生理がくる。詩織が男に発情すれば、自分も男を用立てる。結婚すれば、自分もする。出産も、子育ても。同化という名の友情で、わたしたちは契《ちぎ》りあっていた。過去は捨てたはずなのに、そのときの感触が、ザワリと蘇ることがある。一歳半の薫子のオムツを替えていて、ふとかんじたなにか。三歳の薫子の額に唇をよせると、よぎっていくなにか。五歳の薫子と頰をくっつけあうと、囚われるなにか。なぜだろう。薫子はわたしの娘なのだから、わたしそのものであるべきなのに。薫子に触れれば触れるほど、詩織に触れたような錯覚に陥って、それに同化した瞬間から、紀子は自分を葬らなければならない気分になるのだ。

トントンと肩を叩かれ、思い出に浸っていた紀子は、ハッと現実に引き戻された。

「徒競走、はじまっちゃいますよ」

通りすがったついでといったふうに、薫子の出番を教えてくれたのは、保育園時代、おなじクラスにいた子の祖母だった。送り迎えをするときに挨拶する程度の仲だったが、その老女もまた紀子とおなじくママ友の輪から弾きだされているらしく、当時は淡い連帯感をかんじていた。老女は世間話をしたそうだったが、紀子は何度も会釈するよりほか気転もきかない。老女は立ち去り、十年前に流行ったポップスが流れだした。校庭に三年生の子どもたちが入場してくる。紀子は携帯電話を握り、慌てて駆けよった。

五十メートル走は直線距離で、ゴールのテープの外側には、カメラを構えた保護者たちが群がっていた。三年生二クラスの生徒を混ぜこぜにし、足の遅い子から六人ずつ、横一列に並んでいる。

位置について、よーい、パン！

ピストルの音と同時に子どもたちが走りだす。どの子も、まだ幼いからか体格差はさほどなく、みな似たりよったりの覚束ないフォームで、速度にも優劣がついていない。その子の、その日、そのときのコンディション、集中力のわずかな差、あるいは運の善し悪しで、順位が決まっているようにみえた。一位を獲った子の晴れがましい顔、負けた悔しさで半ベソの子、思うように走れず拗《す》ねた態度をとる子。保護者たちは自分の子どもしか眼中になく、子どもたち同士は気遣いあうのかおしゃべりもせず、自分の順位の旗のもとに体育座りをする。先生たちはベルトコンベアに載せられてきたネジをはめる作業をこなす工員のごとく、一組がゴールすると即座にピストルを鳴らし、次々と子どもたちをレースに送りだしていた。

二週間前、夕飯のカレーライスを食べているときだったか。薫子はたしか『自分はリレー選手になれるか否かギリギリのラインだ』と言っていた。「そりゃあ、あたしだって、リレー選手にはなりたいけど、でも、なったらなったでビミョウでしょうね」と憂《うれ》い顔をし、膜の張ったカレーを匙で突きまわしていたのを、紀子は思い出した。それで自分は「リレー選手なんてスゴイじゃない。お母さんが子どもの頃なんか、いつもビリから二番目か三番目だったんだよ。いいなあ、薫子は」と答えたのだったか。

競技は後半に突入し、いよいよ薫子の出番になった。紀子は保護者の最前列に割りこんだ。つんのめるようにしてゴール前を陣取り、携帯電話をカメラモードにして、肘を固定し構える。一等賞を獲れますように。紀子は固唾《かたず》を飲んで見守った。

薫子は真剣な面持ちで、スタートを切った。ファン、ファン、と、ピストルの残響音が漂うなか、子どもたち六人はいっせいに走りだした。薫子は速い。血統書付きの子馬のように優美なフォームで、グゥン、グゥン、グンッ、と速度が増していく。トップに躍りでて、すでに独走態勢だった。薫子の俊足ぶりは見事だった。ほんとうは、クラスでいちばん速いのかもしれない。このレースで一緒に走っている他の五人が、同レベルのタイムでふり分けられた子どもたちとは思えないくらい、群を抜いて速かった。

と、そのときだ。薫子が足をもつれさせたのは。

「ああっ！」紀子は歯を食いしばった。

薫子はよろけながらもバランスをとり、かろうじて転倒せずに済んだ。だが、もつれた隙に抜かれていた。三位まで順位を下げてしまっていたが、薫子は腐ることなくガンバって最後まで完走した。ギリギリで一人は追い抜けた。結果は二位。クソッ。声にはしなかったが、紀子はガックリと肩を落とした。

「お母さん、約束、守ってくれたよね？」

弁当の時間になった。薫子は頬を紅潮させて、紀子の顔を覗きこんだ。「ああ、うん。はいはい」紀子はトートバッグからタッパーウエアをだしてシートに並べた。

「わあ！　お母さん、やっぱり大好き！」

薫子は興奮しているのか、乱暴な挙措でフタを開けた。そして凍りついた。

タッパーウエアのフタがプルプルと揺れていた。それをみて、紀子は薫子が怒りに震えているのだと気がついた。

紀子は急いで弁解した。「これだって、お母さんが作ったの、ほんとうだよ」と。

「ウソツキ。また、裏切った」肺がパンパンになるまで胸にためていた息を一気に吐きだし、薫子がドスの効いた低い声をだす。

ふだんの薫子は気立てのいい優等生なのだが、たまに怒ると顔を青白くさせ、気性の激しさを曝《さら》けだし、ためこんでいた感情を爆発させる。モノを投げたり、ヌイグルミに八つ当たりしたりと始末に負えない。逆鱗《げきりん》に触れると、紀子の欠点をしつこくあげつらうことも、自分の境遇をクドクドと嘆くことも、同級生への罵詈雑言を並べたてることもあった。なにも運動会でキレなくてもいいのに。怯えるような気持ちで、とりあえず薫子の機嫌をとろうと、猫撫で声で紀子は言った。

「……さっきの徒競走、ほんとは薫子が一等賞だったって、お母さんは知ってるよ」

「そんなの、あたしがいちばんよく知ってるし」

すれっからしの中年女のような口調で、薫子は吐き捨てた。それから、こんなのゴミ箱に捨てちゃって、と言っているも同然の手つきで、タッパーウエアのフタを閉め、ラップに包まれた塩むすびを食べはじめた。紀子はイカフライを愉しみにしていたのだが、薫子の気に障ることを恐れ、自分も塩むすびのラップを剥がした。

「具がないじゃん」

食べかけの塩むすびを突きだして、薫子はジロリと紀子をにらんだ。

紀子は返事に窮してしまった。なにも答えられずにいると、薫子の瞳に涙がたまっていった。かなしみを湛えた澄んだ水膜。表面張力の美しさに、紀子はつい見惚れた。紀子の惚《ほう》けた顔をみて、薫子は嘆息した。渋っ面で塩むすびを二個食べ終え、どこかへ走っていってしまった。紀子はひとり置き去りにされた。自分にがっかりしていたが、なぜだか「あれ、でも、おかしいな」と、いわれのない胸騒ぎをかんじた。

紀子の直観は、午後の競技で証明された。ダンス競技で薫子は出遅れたのだ。

それは簡易化した新体操のようなダンスで、棒に結ばれたリボンをヒラヒラさせる振り付けがある。のっけから、薫子の動作は一息遅れた。そのせいで薫子のリボンはよその娘に踏まれてしまった。すぐに体勢をととのえて、なんとか巻き返したが、薫子のミスは失点ポイントになってしまったことが、同級生のみならず保護者の目にもあきらかだった。ダンスの中盤では、隣の娘が薫子の邪魔をした。自分の肩をグイグイとねじこみ、子どもたちが作る大きな輪の外側へと、薫子を押し退けた。薫子は尻餅をつかされ、調和は乱された。子どもたちは薫子のほうをみた。これで負けたら薫子は戦犯扱いだ。紀子はハラハラしながら凝視した。しかし同級生の批難の眼差しは、二度もミスをした薫子をスルーして、リボンを踏んづけた娘と、肩で押し退けた娘へと注がれていった。リボンを踏んづけた娘は痩せぎすの出っ歯で、肩で押し退けた子はみるからに頭の悪い顔をし、おまけに肥満児だった。

あっぱれだ。薫子の人望の厚さに、紀子は瞠目した。

しかも薫子は演じたのだ。徒競走で足がもつれたのも、ダンスで出遅れたのも、おそらくは自分で意図してやったことだ。ほんとうは『いちばん』になれる実力があるのに、自ら次点に甘んじる。二番、三番をわざと獲りにいく。それも本気で。本気でなければ友人や教師にバレるのだから。きっと運動会だけじゃなく、三年間の学校生活も、こうやって乗り切ってきたのだろう。薫子がたった九年間の全人生を通じて会得したモノ――この独自の処世術に、紀子は今日まで気がつかずにいた。薫子のしたたかさは、詩織にはもち得なかった、薫子自身の才能だった。

十二年後――紀子と薫子

紀子が薫子とケンカしたのは、一昨日の晩。小学校の卒業式を終え、春休みがはじまったばかりの木曜日だった。ふだんの薫子は優等生気質だし、紀子は忍耐強いので、母娘はおいそれとは揉めないのだが、その日はへんにエキサイトしてしまったのだ。

母娘ゲンカのきっかけは、よくある些細なことだった。紀子がここのところ生活リズムが不規則になっていた薫子を咎《とが》め、薫子は「うるさいなあ」「いいじゃん、別に」「はいはい、もういいよ。わかったって言ってるでしょ」などと反抗していた。

ところが、突然、薫子が「女優になりたい」と言いだした。三ヶ月前、堀明美という芸能事務所の社長にスカウトされたのを本気にしていたのだった。

薫子がスカウトされたのは去年のクリスマス。明日から冬休みという日だった。

終業日の下校時刻は午前中で、一年生から六年生までの全校生徒が一斉に下校するようなときには、小学校の校門前に数人の保護者――主に母親たちが、ボランティアで『交通安全』の黄色い旗をふり、交通整理をしてくれる。薫子が言うには、その不審者は「そのお母さんたちに扮していた」そうで、量販店で売っていそうな地味なジャンパーとジーンズ姿、毛糸の帽子をかぶり、メガネとマスクをし、よその母親のふりをして素知らぬ顔で紛れこみ、薫子を待ちぶせしていたらしかった。なにも知らない薫子は、横断歩道の端で旗をふっていた、そのオバさんに挨拶した。子どもたちはみな、そうする決まりがあるのだが、オバさんは挨拶を無視して、薫子にスゥーッと忍びよった。薫子の二の腕をつかみ、グッと顔をよせてくる。

「アタシは堀明美といいます。何年間もアタシがずっと探していた、あなたこそ『噂の美少女』なんです。アタシの全人生賭けて、あなたを国民的女優にします。どうかここに電話をしてください！」と、声は潜めているのに必死の形相でまくしたてた。

そして怯える薫子の手に自分の名刺を握らせた。あきらかに不審者だった。薫子は恐怖のあまり硬直した。つかまれていた二の腕が離されて、なんとか首だけ動かせるようになった。助けを求めるべく、まわりの保護者にアイコンタクトをとろうと、薫子の視線がオバさんから外れた、その隙に姿を消していたのだという。帰宅後、紀子は学校側に問い合わせたが、そんな保護者はいなかった。それを聞いて薫子はますます恐がった。

「新学期になって、あのオバさんがまたきたらイヤだから、お願い。お母さん、ここに電話して『二度とやめてください』って言って」と言う。

試しに、名刺にある会社名を携帯電話のネットで検索してみると、代表取締役・堀明美の芸能事務所は実在した。紀子は電話した。明美の言い分はこうだった。

実は、薫子の存在をはじめて知ったのは、いまから三年前。小学校三年生の運動会のときに

「美少女がいる」と目立ったらしく、盗撮された薫子の写真が、ネット上でひそかに広がった。すぐに『噂の美少女』の情報は拡散し、明美はその姿をみて一目惚れした。一年かけて居住地を突きとめたが、年齢的にはまだ幼い。それから二年待った。薫子を迎えいれるため、自分も独立した。赤坂見附に個人事務所を設け、女性スタッフ数名をお世話係に配した寮のような態勢も、同マンション内の隣室にととのえてある。いま住んでいるS県は都内から遠いので、仕事がある日はその寮から通えばいい。四月にデビューのめどがついた、ゆえに三月はレッスンしなければならない。ちょうど春休みにあたる時期から、寮生活をはじめてみたらどうだ。

と、ここまでは丁寧かつ情熱的に語っていたのに「レッスン料も寮費用もお貸ししますので、あとでギャラから天引きさせていただければ結構です」と締めくくるときには恩着せがましい口調に豹変した。「ウチは独立したての個人事務所ですが、大手芸能事務所からの暖簾《のれん》分けという恰好なので、後ろ盾はしっかりしていて安心ですよ」という明美のセリフも、まるで「背後にヤクザが控えているから逃げられませんよ」と言っているかのようで、紀子はゾッとさせられた。

うさん臭いスカウトを、むろん紀子は断った。電話を切ってから、明美社長が話していたことを伝えると、薫子は胸を撫でおろした。「ああ、よかった。不審者じゃなかったんだあ」と。しかし気が変わったのか、ゆうべ紀子が娘の生活態度を注意すると、薫子は逆ギレした。

「ほんとうは女優になりたかったの。だから、すごいチャンスだったのに。あたしになんの相談もナシに断って、お母さんはヒドイ」と蒸し返した。

「アンタ、あんなの嘘に決まってるじゃない。だって女優？　ちょっと調子に乗りすぎなんじゃない？　真に受けちゃってバカみたい」脊髄反射で、紀子は返した。

紀子が反対した理由は二点、どちらも単純だった。社長だかなんだか知らないが、あの女のやっていることは、人身売買もいいところ。ひとさらいも同然だ。大事に育てた自分の娘を、あんな女にたやすく盗られてしまうなんて、もってのほかだった。もう一点は、薫子が世間の目に触れてしまうことだ。テレビや映画にでれば詩織にみつかる。みつかれば連れ戻されるかもしれない不安があった。

だが、薫子は「どうしても女優になりたい」と言い張った。要約すると「はじめはビックリして恐かったけれど、よく考えてみたら、自分は演じることが好きだった。とくに他人の要求に応えられたときが至福の瞬間だ。だから自分は他人の喜びのために生きたいのだ」というようなことを、十二歳らしいまわりくどさで、紀子に主張した。そういえば詩織もしょっちゅうスカウトされていたっけ。熱弁をふるう薫子を受け流しながら、紀子は十代の頃を思い出した。だけど詩織は「ママがダメって言うから、やらない」と門前払いしていた。いまになって思えば、仮に親に背いてチャレンジしたとしても、詩織は成功しなかっただろう。詩織は世間に向かない女だ。

一方、薫子には詩織にないモノがある。誰もがハッとする美人だが庶民的な性格で、他人の心を読む繊細さと、妙なタフさが共存している。相手を選ばず媚びてしまうドギツイ陽の部分もあるが、孤独というにはやわらかげな淡い陰もある。たしかに、この娘は女優として成功するかもしれない……。と、そこで紀子は困り果てた。

「お願い、お母さん。レッスンだけでも受けさせて」薫子は懇願した。

「現実味ないでしょ、こんな話。もう聞きたくないから」紀子は一笑にふした。

薫子は激昂した。「なんでわかってくれないの！　だいたい、あたしのお父さんは誰なの？　ねえ、どんなひとだったの？　なんでウチにはお父さんの写真が一枚もないの？」いったい、どういう心境なのか、珍しく泣きわめいた。

紀子はしかしとりあわなかった。翌朝、薫子はフトンにくるまっていた。それが午前十時半。狸寝入りかもしれないが、薫子はふだんとおなじくフテ寝していた。そのメンタリティは紀子にはない。まったく理解不能なのだが、最近の薫子は、自分の意に沿わないことがあると、こうして籠城する。だからケンカをしたまま勤めにでた。その日の紀子は遅番で、帰宅したのが午後九時半。夜だというのに、薫子がいない。書き置きを残していた。紛れもなく家出だった。


家出に気がついた紀子はパニックになった。どうしよう、どうしよう、どうしよう。そのフレーズひとつがグルグルと脳内を駆け巡る。薫子は学校で、誰とでもうまくやっているようだったが、同時に特定の友人もいなかった。経済面から携帯電話ももたせておらず、連絡先も見当がつかない。いてもたってもいられなくなって、紀子はあちこち探しまわった。懐中電灯と携帯電話を携えて、真っ暗な畑道を通り、森林公園の脇道を走り、ひとけのない児童公園、コンビニ、ファミレス、ファストフード店、駅前のロータリー、カラオケボックス、ゲームセンターにも探しに行った。しかし薫子はどこにもいない。自宅に戻っても、薫子はいない。

紀子は放心した。とうとう、ひとりぼっちになってしまった。薫子がいないこれからさきの人生、娘に捨てられた自分を思うと、いまにも死にたい気持ちになった。それで詩織に電話したのだ。なぜか薫子がそこにいるような気がして。

「……娘がそっちに行ってない？」紀子は訊いた。

「……娘……？」詩織はつぶやいた。

ムシがいいと罵《ののし》られようと、こんなとき、すがれるのは詩織しかいなかった。詩織は困惑していたが冷静で、険《けん》はあったが真摯でもあった。

なにせ、薫子は、わたしたちふたりの娘なのだから。この世で、たったひとり、薫子のことを親身になって考えてくれる存在だった。

紀子が言葉につまっていると、詩織は「まずは、学校とか友人とかの思い当たる場所に連絡して、やっぱり警察にも届けをだして」と指示した。今日一日は捜索すべき。それでも帰ってこなかったら、明朝いちばんで会おうと、自ら約束してくれた。待ち合わせ場所に指定されたのは、都内の某ホテルのラウンジではなく、某ホテルの傍にあるファミレスだった。電話を切ったあとも、詩織の正しい言葉、情のぬくもり、落ちついた息遣いは、紀子を魅了していた。頭の中でリフレインしているうちに、ふと光明を得る。紀子は勇気をふるって、薫子が書き置きとともに残していった、一枚の名刺を手にとった。

再会――紀子と詩織

1

木曜日の午前七時、紀子はファミレスの窓越しに、おもての景色を眺めていた。ゆうべから雨が降っている。細くまとわりつくような雨粒は、湾曲した窓ガラスに、引っ掻き傷のような模様を描いている。三月も後半に差しかかったというのに、冬がぶり返したかのような寒さだ。勤め先には週明けまで休みを貰って、紀子は待ち合わせ時刻通りに到着していた。早朝なので暖房をケチられ、コーヒーの表面に湯気がたっている。何年着ているか知れない擦り切れたダッフルコートをかきあわせる。今日に限ったことではないが、身なりに構う余裕はなかった。アラン編みのそでがほつれたセーターに、裏地がフリース地になったジーンズ。スニーカーには穴が空いていて雨水が浸みてきていた。

客席には、サラリーマンらしきスーツ姿の男がひとり。ベビーカーに乗せた赤ん坊連れの白人夫婦。朝帰りなのか化粧の崩れた髪の長い女。五分、十分、十五分待っても、詩織はこない。いつでも計ったように十五分遅れてくる詩織だったが、今日の場合は事情が違う。すっぽかされてもおかしくはない自分の厚かましさを急に恥じいり、紀子は深くうなだれた。三十分待って帰ろう。決心したそのときだ。入店客を報せるチャイムが鳴り、自動ドアが開く音がした。バッと顔をあげ、そちらを凝視していると、男の子のように短い髪をした女があらわれる。濡れた傘を備え付けのビニール袋に突っこんで、ウェイトレスに会釈をし、女は客席をグルリとみまわす。穴から首をだして直立するプレーリードッグのように背筋をただし、こちらに手をふった。

「お待たせしちゃったね」

短髪の女は紀子の前に座り、白いダウンジャケットを脱いだ。下には紺色のパーカーに細身のアーミーパンツ。まるで大学生みたいな格好をし、茶色い髪はうんと短く、頬はふくよかで、からだつきは筋肉質。別人のようにしかみえないが、詩織だった。

「ううん。でも、なんか詩織じゃないみたい」

紀子がつい本音を漏らすと、詩織はぶっきらぼうに言った。

「私、そこの看護師学校に通ってるんだよね。いま二年生で、これから授業なの」

「……じゃあ、ゆっくりできないね」

「そう。そうね。ゆっくりできない」

詩織は一瞬、彼女らしくない笑みを浮かべた。皮肉めいているというか、ふてぶてしいというか。紀子が戸惑っているまに、詩織はウェイトレスに朝定食を注文した。

「で、香織は帰ってきた？」

カオリ。カホル。カオルコ。ああ、薫子か。と、声にして、紀子は我に返った。

「まえから思ってたけど、紀子って、ちょっとバカなの？」

詩織は紀子をにらみつけた。ギラついた眼光は、かつての詩織にはないものだ。

「なにか言いなさい。黙ってちゃ、わからない」

詩織はさらに畳みかけた。キツイけれど歯切れのよいモノ言い。他を圧迫するようなオバさん然とした態度。それでいて肌の透明感は衰えをかんじさせず、頰や腰まわりに多少の贅肉《ぜいにく》をつけてはいるが、顔も襟首も丸出しにした短髪がよく似合っている。かたちのよい額が内面の聡明さを剝きだしにし、表情の強さはこれまでみたこともないような闘争心を醸《かも》しだしている。この十二年の歳月は、詩織の潜在能力を引きだして、その才を活かせる場に、いまは生きていた。

「なにボーッとしてるの。しっかりしなさい。あんたも子育てしてきたんでしょ？　自分の子のことでしょう？　帰ってきたの？　きてないの？　答えなさいよ」

詩織に叱責されて、紀子はバッグから茶封筒をとりだした。慌てたせいもあるが、詩織の迫力に負けて、思わず指が震えていた。ノート大の分厚い茶封筒から、紀子名義の預金通帳、薫子名義の学資保険証書。紀子の年金手帳。おなじく国民健康保険証。紀子名義の生命保険証書、実印と、紀子が一筆書いた封書もとりだす。すべてをドッサリと卓上に積みあげて、ズズッと詩織に押しだした。詩織は警戒心から肩をいからせた。

「薫子を絶対とり戻すから。わたしになにかあったら、娘をお願いしたいの」

意気込みすぎた紀子は、危うく手元のコーヒーをこぼしかかった。詩織は啞然としている。ほんとうに、自分でも呆れるほどムシのいい話だ。わかってはいても詩織にしか頼めない。命がけのお願いだった。詩織は眉間《みけん》にシワをよせ、書類をチラリとみやった。

「もしかして……病気した？」

「してない、してない、してないよ。元気なだけが取り柄だから」

思いがけず、詩織に自分の健康を労《いた》わられて、紀子はカーッと頬を火照《ほて》らせた。全身にドッと汗が噴きだし、背筋やもみあげにダラダラと垂れる。ホットフラッシュだ。仮に難があるとすれば、この更年期障害くらいなもので、紀子はまったくの健康体だった。

詩織は唇を一文字にきつく結んでいる。書類の束と紀子の顔を交互にみて、なにか言いたげにスッと息を吸ったが、ため息に変えて吐きだした。

「紀子じゃない。あの娘《こ》がなにか病気したのか、って訊いたのよ」

シラけた表情で詩織が言った。紀子は自分の能天気な間違いを、できれば笑い飛ばしたかったが、ニコリともできなかった。

ウェイトレスが朝定食を運んできて、詩織は盆ごと卓上の端によせる。書類の束をととのえて中央に置き直し、むかしのように優雅な仕草で頬杖をついた。吉兆だ。紀子は懐かしさでいっぱいになり胸中で泣いた。詩織が考えごとをするときの癖だった。詩織が結論をだすまでのあいだは、差し障りのない雑談をしたほうがいい。紀子の経験値からいって、詩織は会話が途切れる気まずさを嫌うので、集中して貰うべく「それにしても……」と話題を見繕《みつくろ》った。

「どうして、看護師学校なんかに通ってるの？」

「どうして……どうしてって、あのときママを看取れなかったから。たぶん恐かったのね。当時の私は。でも恐がっているだけじゃ、一歩も進めないじゃない」

どこか上の空で詩織はひとりごちた。その表情をみて、紀子は安堵した。やはり詩織は薫子の母親になってくれる。この世で信頼できる唯一のひとだ、と。

2

一生許せるわけがない。この十二年間、詩織はそう思っていた。

もしまた顔をあわせるようなことがあれば、私を裏切ったあの女をブッ叩き、蹴っ飛ばし、罵詈雑言を浴びせてやりたい。激しい憎悪は、すべて忘れたつもりでも、しばしば昨日のことのように蘇った。恨みは理性で掻き消せても、怒りはけして薄れることがない。忘却の彼方に追いやっても、ふたたび姿をみせるときには、昨日より今日、今日より明日といった具合に、濃度を増し、誇張され、鮮烈に、何度でも、詩織の心を燃やしていた。

と同時に、詩織はすでに生まれ変わってもいた。

看護師になりたい。漠然とそう思うようになったのは、裕樹が大学に入学した頃だった。姑が死んでからというもの、詩織は孤軍奮闘し、家事を習得し、暮らしに馴染んだ。大学生になった裕樹は相変わらず無口だったが、それは父親譲りの性分で、詩織の荷物をもってくれたり、自分が飲むついでにコーヒーを淹れてくれたりと、大人びた気遣いをみせるようになっていた。ときをおなじくして、雅樹はバンドを組んだらしく、ギターを弾きはじめた。音楽活動で発散しているおかげか、それとも反抗期をすぎたからか、怒りっぽかった性格は落ちついて、趣味に打ちこむ活発な少年になっていた。息子たちが成長し、平穏な日々が訪れると、今度は詩織が自分の人生を検分する番だった。あのときママを看取れなかったことは、詩織にとって、大きな後悔となっていた。大事なひとの死を受けいれられなかったこと。死を恐れるあまり逃げだしてしまったこと。病床のママの手を握ってあげられなかった詩織は、その償いに、ほかの誰かの手を握ってあげたい思いに駆られた。挽回できることではないが、だからといって、なにもしなければ前進もできない。一歩でもいい。踏みだしたい。二年後、思いはやがて夢となった。

看護師学校に通って、免許を取得し、ホスピスで働きたい。働きだしたら返済するので、どうか学費を貸して欲しい。

そんな夢を徹にいまさら申し出たところで、むろん断られるだろうと思っていた。忘れもしない。裕樹が成人した誕生日だった。就寝前、寝室でパソコンに向かっていた徹に、詩織は胸のうちを打ち明けた。しかし徹はうなずいた。間髪をいれず。

「すまなかった」徹は言った。

パソコン画面から顔をあげると、まなじりに光るものがある。詩織の顔を正視して、それから笑った。なにもおかしいことなんてないのに。でも詩織にはわかっていた。徹がなにを言いたいのか。どんな気持ちなのか。気がつけば詩織も笑っていた。泣きながら。徹の生え際に白いものが滲んでみえる。頬骨のシミや口元のシワは、おそらく私にも刻まれているのだろう。

「私たち、いつのまにか、こんなに歳をとっていたのね」詩織は言った。

「そりゃあ、そうだよ。長男が大人になったんだから」徹は笑った。

「そうね。きっと、そうなのよね」詩織も笑った。

どちらともなく顔をみあわせて笑いあう。歳をとった自分たちがおかしかった。おかしいだけじゃなく、いじらしくもあった。女と男、嫁と息子、母親と父親、さまざまな理不尽さが、ふたりを隔てているように思えていたが、時間だけは等しく流れていた。詩織にも、徹にも。そのときだ。私たちがしんから夫婦になったのは。互いに生き直そうと決意したのだった。

以来、詩織はがむしゃらに頑張った。家事も、勉強も。看護師学校にいる十代の女の子たちからすれば、自分が奇異な存在にみえることは承知の上だ。奇異。それには詩織は生まれたときから慣れっこだった。むしろ、いまの、この美しくもない中年の自分。世間から相手にされない自分。他人の気持ちを忖度《そんたく》せずにふるまえる自分。多くの女が忌々《いまいま》しく思う老いというものを味方につけて、詩織は安らぎをかんじていた。長かった髪を切り、動きやすいカジュアルな服を着、誰にたいしても言いたいことを言って、自分の心に素直に従う。ママの心じゃなく。

詩織はようやくしあわせを実感していた。裕樹は大学卒業後、徹の会社に就職した。雅樹はいま大学二年生で、ロックバンドとアルバイトに明け暮れている。将来はバンドでいくか就職するか、千々に乱れているようだった。徹との会話は少ないが、求められている安心感があった。そこに横槍が入った。紀子からの電話だった。

今朝、紀子に会うまでは、自分がどんなことをしでかしてしまうか、詩織にはまったくわからなかった。ただ、紀子という女は予測のつかないバケモノだ。鞘《さや》に入った果物ナイフはリュックに忍ばせてあった。しかも香織を人質にとられている。なにを企んでいるのか恐ろしくもあったが、恐がっているだけでは一歩もまえに進めない。

充実した暮らしのなかで、ありったけの敵意を掻き集め、詩織が再会したにもかかわらず、なぜか紀子は謝らない。せっぱつまっているのはわかるが、なにが目的かわからない。

紀子は面変わりし、かつての怠惰さ、ズルさ、図々しさ。すべて他人のせいにして生きてきた弱さ。他人によりかからなければ生きていけない依存心。そんなむかしの面影は一掃され、どこにでもいる母親の顔つきをしていたのだ。母親特有のエゴと意地と怯え。混沌とした空気を撒き散らし、自分本位な屁理屈を述べて、わけのわからない書類を押しだしてくる。なかでも紀子が一筆書いた封書というのが、どう考えても、遺書にしか思えず、いかにも不吉だった。

「薫子を絶対とり戻すから。わたしになにかあったら、娘をお願いしたいの」

重要書類を突きつけておきながら、それ以上は事情を明かさないつもりなのか、紀子はずるりと話題を逸らした。

紀子と娘に、いったい、なにがあったのか。紀子の病気？　あるいは娘の病気？　紀子の男関係——暴力夫からのストーカー行為や、再婚相手とのトラブルか？　紀子と書類とを見比べて、詩織は憶測を巡らせたが、手がかりさえみつからない。

「……私のこと、香織は知ってるの？」もう一度、詩織は訊いた。

「まさか」電話のときもそうだったのだが、紀子は即答した。

ただ、電話と違っていたのは、この女の表情だ。昨日の朝、受話器越しに声だけ聞いていたときには、これまでになく途方に暮れて、窮地に陥っているかのように思えたのだが。目のまえにいる紀子は弛緩《しかん》しきって、詩織のことを無遠慮にみつめ、ほほ笑んでさえいる。

なぜ笑う。なぜ説明しない。そして、なぜ謝らない。

しかし謝るつもりのない相手に正論を説くことほど虚しいことはない。ましてや相手はこの女だ。謝罪をしてくるだろうと期待した自分が世間知らずだった。早く立ち去ろう。自分が嫌な人間になってしまうまえに……。

詩織の理性はかろうじてふみとどまっていたが、心は意思に反して、いまにも窒息しそうだった。憤りをなぞるように、詩織の唇は動いていた。

いっぺん死ねば、と。

とうとう呪詛《じゆそ》の言葉を吐いてしまった。詩織はすぐさま後悔した。もしも紀子にたったひとつ欠落している感情があるとすれば、それは後悔だ。いつまでも、とり返しのつかないことがあると気づかない紀子。この世には、とり返せないことがあると悟った自分。神のみが采配をふるう互いの落差に、心臓を鷲摑みにされたような動悸を覚えた。紀子はどういうわけか屈託なく、十四歳の誓いの日のようにはにかんだ。

「うん。そうする。わたし詩織を信じているから」と。

紀子との平行線な会話にも、紀子の恍惚とした表情にも、詩織は音《ね》をあげた。この話を切りあげて、ついいましがた卓上の端に追いやった朝定食の箸を手にした。

冷めてしまったとはいえ、ふっくらした白米。麩《ふ》と葱の味噌汁。皮目がかりかりに焦げた焼き鮭。青菜の煮浸し、きんぴらごぼう、おしんこ、それに緑茶。

半ばヤケになって貪り食う詩織をみて、紀子は何度も喉を鳴らした。唾をゴクンと呑みこみながら、詩織をじっとみつめている。紀子は空腹なのかもしれないと、詩織は思った。

不躾《ぶしつけ》に思えるほど餓えた視線を送りながらも、あなただけは、たーんとお食べ、わたしの代わりにいっぱい食べて、いっぱいいっぱい大きくなって。大きくなれば強くなれる。強くなれたら逃げられる。この世の果てまで逃げきって。逃げおおせられたなら、どうか神さま。この子を死なせないで。八十年、九十年、百年でも足りない。永遠に死なせないで。なぜなら、わたしは死を産んだわけじゃない。生を産んだはずだった。生は死をも含むということを、母になる瞬間まで、わたしは知らなかったのだから……。

母性というものが、ひとの世にあるのなら、紀子のこんな表情なのかもしれない。それはけして善きものじゃない。まがまがしいほどの生命力だ。利己的な愛情と、果てしない渇望。いまだに飢えかつえている紀子を、詩織は見限り、ひたすら食べ続けた。

3

看護師学校へ向かう初々しい詩織を見送って、紀子は駅前にでた。

午前八時。二十四時間営業のディスカウントショップで、九千九百八十円の自転車を購入する。

小雨が降っているので、百円のビニール合羽も買って、ダッフルコートの上に羽織った。ここから赤坂見附まで、自転車だと、二時間もあれば着くだろうか。ゆうべのうちに調べておいた地図を見直して、紀子は大通りを走りだした。

目的地は堀明美の芸能事務所だ。昨日の朝、詩織に電話をしたあと、紀子は決心がついた。薫子が残していった名刺の連絡先に電話をかけて、午後三時、明美社長と会ったのだった。


まあたらしい低層マンションの一室に、薫子をスカウトした芸能事務所はあった。インターホンを押すと、オートロック完備のエントランスが解錠され、紀子は重たげな黄色のドアを開けた。指示通りエレベーターに乗って二階で降りる。オフィスは吹き抜けになっていて、大きくとられた窓の向こうには人工芝を敷きつめた空中庭園がみえた。

「ようこそ」デスクから、堀明美らしき女が笑いかけた。

「娘を返してください」紀子はオフィスをみまわした。が、薫子はいない。

「お母さま。そんな『娘を返せ』なんて、人聞きが悪い。別に誘拐したわけじゃないんですよ。彼女はいまレッスンにいっているんです。もうじき帰りますから、ご心配なさらずに。さあ、どうぞ」勧められるまま、紀子は革張りのソファに浅く腰掛けた。

女は「あらためまして」と名刺を差しだし、紀子の向かいに座った。

明美社長の年齢は紀子とそう変わらず、背が低く痩せていて全体的に小作りだが、上等そうな黒のスーツを着こなしている。紀子は会ったことがないタイプの女で、抜け目のない雰囲気に、すでにかなり気圧されていた。

「そうそう。年末でしたっけ。お電話では失礼いたしました。あのとき、お母さまには断られてしまいましたけど、カホルさんのお気持ちはまだうかがっていませんでしたよね。ですから、アタシは再度ご自宅にお電話したんです。カホルさんとはそれでお話しさせていただいたんですけれど、どうも悩んでいるようでしたので、卒業式まではお待ちしていました。だけど三月になってもご連絡いただけないし、もうダメなのかなあ、すっごく残念だなあって、断念しかけていたところに、カホルさんからお電話があって、自分からきてくれたんです。このマンションの三階が寮になっていて、カホルさんは昨日からその一室に寝泊まりしていますけど、いいですよ、彼女。うまくやっています。アタシや女性スタッフも住居としているので、まあ、マネージャー兼寮母みたいなものだと考えていただければ。実はここぜんぶアタシの持ちビルなんです。ですから気兼ねなくお使いいただけます。ね、悪くないでしょ？」

堀明美はベラベラとよくしゃべる女だ。他人に口を挟む余地を与えない。コロコロと転がるような声で、たまに脈絡なくニカッと笑う。足元にすりよる他人の飼い猫みたいな無害さと、人情味をかんじさせる腰の低さを垣間みせるので、つい耳を傾けてしまいそうになってしまうが、それでいて謙虚さとは裏腹の、お金持ちの無遠慮さをプンプン放ってもいて、紀子は混乱させられた。

「それで本題なのですが、四月にはデビューさせます。テレビドラマの主演です。深夜の十五分枠ですが、暖簾分けして貰った大手芸能事務所さんを経由して、ウチが買わせていただいたんです。大手芸能事務所さんの社長って、実はアタシの叔父なんです。制作は遅れていますが、いいです、シナリオも。カホルの名前をタイトルにいれますよ。いまのところ『カホルの恋愛事件簿』が第一候補です」

「でも、ちょっと待って」

「あー。ですよね。わかります。やっぱり、お母さま的には『恋愛』じゃないほうがいいですよね。カホルさんは『別に抵抗ないです』って言っていましたけど、まだ中学一年ですもんね。そこらへん気になりますよね。でもね、内容は恋愛モノじゃないんです。部活を軸にした推理コメディっていうんですか。女子校が舞台なので男の子はほぼ出演しませんし、まあ、オンエアが夏なのでね。スクール水着のシーンはどうしてもやらざるをえない部分がでてくるかもしれませんが、ご安心いただける範疇だと思います」

「じゃなくて、あの、さっきから『カホル』って……」

カホルという知らない名が繰り返され、紀子は自分が間違えたのだと思った。だって娘は薫子なのだから。女優にスカウトされたのは誰かよその娘さんで、ここには薫子はいないのかもしれない。招き入れられるまま座りこみ、長々と話を聞いてしまった自分のマヌケさを、紀子は猛省した。しかし明美社長は「フフフ」と笑った。

「そうですよね。わかります、わかります。アタシも『薫子』っていいお名前だと思っていたんですけど、ご本人が『誰にでもすぐに覚えてもらえる芸名のほうがいい』と言うので、急遽、有名な姓名判断の先生にみていただいて、苗字はナシで『カホル』といたしました。でもいいですよね？　たしかに覚えやすいし、ちょっとウケると思います」

恋愛モノには抵抗がなく、芸名のほうがいいと、薫子自身がそう言った。

なにもかもが寝耳に水で、紀子は卒倒しそうになった。ザーッと血の気が引いて、気が遠くなりかけたときだ。紀子の背後でエレベーターのドアが開く音がした。

ふり返ると、年若の女が降りてくる。ついで姿をあらわしたのは、薫子だった。

「お母さん！」薫子は得意げな笑顔をみせた。

テストで百点をとったときも、作文コンクールで銅賞をとったときも、マラソン大会で学年三位をとったときも、こんな表情はみせたことがない。いつだって二番、三番を狙ってきた我が子が、ここにきて『いちばん』を獲りにいこうとしているのか。

「どう？　これで、わかってくれた？」

薫子が瞳をきらめかせて、唇の両端を吊りあげた。やんわりとして聞こえるが、薫子にしては反抗的なモノ言いだった。

「お母さん、あたし今日は二時間レッスンしたの。明日もするの。自信がなかったんだけど先生は褒めてくれるし、明美さんたちにもよくして貰ってるんだよ」

紀子にではなく明美に聞かせるように、薫子は続けた。紀子は薫子の顔をみたとたん、グズグズとした心許なさが雲散霧消し、代わりに憤怒が沸き起こっていた。こんな場違いなところには一秒たりともいたくない。

「クソったれ。帰るよ」

紀子は薫子のほうへズンズンと歩みより、薄い肩をギッチリつかむ。エレベーターのボタンを押し、ドアが開くと引っ張りこんだ。ところが薫子は自分の足を戸袋の前に差し入れて、ドアが閉まるのを阻止した。紀子の手をふりほどこうとジタバタ暴れる。エレベーターのドアは開閉をくり返し、ガコン、ガコンと耳障りな金属音をたてた。

「お母さんは、あたしに嫉妬してるんでしょ！」薫子は叫んだ。

「ハア？」紀子は目を剝いた。

「だって、お母さんは、いつもそうじゃん。あたしになにもやらせてくれない。ピアノもやらせてくれなかったし、塾にもいかせて貰えなかったし、ほんとうはバレエだってやりたかった。でも、いつも『お金がないからダメ』って言う。どうせ、そうやって大学にもいかせてくれないつもりなんでしょ?! だったら、いいじゃん？ あたしはこんな人生から逃げだしたいの！ お母さんみたいに生きるのは絶対にイヤなの！」

パン。

と、どこからか小気味のよい音がして、反射的に、紀子はビクッと身を硬くした。自分の掌がジンと熱い。泣きわめく薫子の頰を、紀子はいつのまにか叩いていた。

薫子はピタリと泣き止んでいた。クッと歯を食いしばり、紀子から顔をそらした。

エレベーターのドア付近で微動だにできずにいる母娘のあいだに、鷹揚《おうよう》な態度で明美が割って入ってくる。「あー。まいったな。これって、どうなんでしょう」年若の女がエレベーターの開閉ボタンを押し、明美は自分の腕を薫子の腰に添えた。

「やっぱ、虐待、ですよね」

あたかも薫子を保護するかのように、正義の味方然として明美は言った。明美の掌に背を支えられ、一歩、二歩、三歩と、紀子の傍から薫子が離れていく。薫子がフロアに降りたとたん、紀子ひとりをエレベーターに残して、ドアが閉まった。


一階に降りて、エントランスを出ると、携帯電話が鳴った。明美だった。

「さきほどはどうも。ご安心ください。薫子さんは落ちついていています。推測でこんなこと言うのもアレですけれど、お母さまとお嬢さんって、複雑な事情がおありなんじゃないですか。なんていうか、実の母娘なのに、ぜんぜん似ていらっしゃらないし。というか、アタシの大学時代の友人に、なんでかしら、すごくよく似ているんですよね。美人だったから憶えてるんです。名字はなんだったかしら、藤井さんだったか、藤……藤田さんだったか。まあ、けど、美人は父親似が多いって言いますもんね。余計なこと言って、すみません。

それで本題なのですが、このお話は、実はもうあとには引けないんです。お母さまのお気持ちだとか、学校のお勉強の面だとか、いろいろな問題も、もちろんあると思うんですけれど、さきほど申し上げた通り、ウチは彼女のために『深夜のテレビドラマ十五分枠』をすでに買ってしまったんです。いえね、仮に薫子さんが出演しなくても、代わりの女の子は腐るほどいるからいいんですよ。ただ、その五百万円は、ウチが支払わなきゃマズイんです。ですから、それでも薫子さんを連れてお帰りになりたいとおっしゃる場合には、最低でも三百万円は、お母さまにお支払いしていただかないと。いいんです。三百万円で構いません。ご用意いただけなかった場合は、ご本人の意思を尊重いたしますし、児童虐待からの保護という意味でも、責任をもって当分お預かりいたします。こちらは急ぎませんのでね、よくお考えになってください。失礼いたします」

と、冷笑的な口調で明美はしゃべりたて、一方的に通話は切られた。紀子にとって、ふたつの難問が同時に起こった。人生最大の危機が訪れていた。

第一に、薫子によく似た美人というのは、藤井でも、藤田でもない。藤原だ。旧姓、藤原詩織。つまり明美は詩織の同級生だったということか。明美が詩織からあのことを聞きだして、薫子にバラされることが恐ろしい。自分や詩織のクチから語られるならまだしも、あんな女に暴かれるなんて。想像しただけで吐き気をもよおした。

第二に、薫子を返して欲しければ、三百万円の身代金を用意しろという。これはでも半分以上が脅しだろう。芸能界とはいえ、あまりにエゲツなさすぎる。いわば警告で、明美からしてみれば、紀子という悪い母親に灸《きゅう》でもすえてやるつもりだったのか。いずれにせよ、薫子が紀子を見直してくれるには、三百万円が必要だった。

こんなとき、詩織だったら、どうするだろう。でも彼女なら即座に用意できる額だ。実際に、別荘では難なく同額を引きだしていた。あの資金がいまも貯金してあればよかったのだが、薫子の子育てのため、またたくまに消えてしまっていた。自分の母親なら、どうするだろう。そもそも「紀子が女優にスカウトされる」というところからして、イメージが湧きにくいが、あのガメツイ母親のことだ。身代金を支払うどころか、紀子には小遣いをせびり、明美からもいくらかふんだくるに違いない。では……浩二なら、どうするか？　浩二ならきっと……。

娘のパパになり損ねた元夫の顔を思い出したとたん、紀子は閃《ひらめ》いた。こういうお金は浩二なら自分で支払わない。自分以外の誰かに支払わせるよう仕向けるだろう。理不尽なことに、お金なんて、ないところにはとことんないが、あるところには腐るほどあるのだから。とはいえ、タダでは引きだせない。なにかで強請《ゆす》るか、引き換えにするか。二択しかないのであれば、自分の持ちモノはこの命だけ。

自分の命を担保にして、お金をどこかから引きだせればいいのだが。

つまり生命保険に入ればいいのだ。いまからすぐに加入して、明日には保険金が下りるようにすれば、お金は保険会社が支払ってくれる。サラ金などに比べたら正規の窓口だし、自分の命と引き換えに、薫子の信頼をとり戻せるなら、この三百万円の買い物は実にお安いものだった。お安いものを買う、という考えかたは、紀子に快くとり憑《つ》いた。安い、安い、お安いことはステキだね。どこかで聞いたディスカウントショップのCMソングをクチずさみ、紀子は保険会社へ直行した。

そうして翌日、詩織との再会を果たしたあと、紀子は明美のもとに向かったのだ。赤坂見附に到着し、芸能事務所の前で、紀子は隠れ場所を探した。事務所はゆるやかな坂の中腹にあり、このマンションの駐車場はおそらくあの半地下だ。シャッターからは死角になっていて、かつ自転車ごと身を潜められるところがいい。

しかし閑静な住宅街は、どこもかしこもお屋敷だらけで、門に設置された監視カメラも気になった。ひとが出入りするコインパーキングだとか、建築現場だとか、タバコ屋でもあればいいのに。あたりをみまわすと、数メートル離れた坂の上の建物に、スーツ姿の男が数人、入っていくのがみえた。会社なのかビルには駐車場もあり、建物を囲む垣根の外側には、軽自動車も何台か停まっている。紀子はそこへ自転車を押していった。軽自動車に近づいて、電信柱の陰に自転車を停め、かじかんだ指を揉んだ。

小雨はいまだに降り続いていた。薫子が家出してからというもの一睡もできず、年齢のせいもあり寒さがこたえる。食事は喉を通らなかったが、空腹はかんじていなかった。

考えてみれば、紀子の人生はこれまでずっと正攻法ではなかった。だから、いまから自分がしようとしている行動も、他人からみれば狂気の沙汰かもしれない。

その行動の結果として、もっとも重要なのは、身代金を支払って、薫子をとり戻すことだ。それから、あの女に嫌がらせをすること。自分を虐待する母親呼ばわりした明美を、紀子は道連れにしてやるつもりだった。そして詩織には娘を返す。自分がいなくなったあと、薫子も少しはさみしがるだろうが、詩織といればすぐに忘れられるはずだ。

お母さんみたいな人生は絶対にイヤなの。薫子はわめきちらしたが、紀子も同感だ。でも詩織が母親になったなら、薫子はちゃんと正攻法で生きられる。詩織とともにすごす少女時代を、紀子から娘に捧げたい。薫子はなんと運のいい子だろう。

朦朧としながらも自分ワールドに没入し、紀子が待つこと約二時間。予定通り、午前十一時に、駐車場のシャッターが音もなく開いて、黒い高級車がソロソロと出てくる。運転席には明美がいるはずだった。

紀子は今朝、明美の留守番電話にメッセージを残していた。

「あれから考えたのですが、女優になることは、まだ認められません。でも娘がそこで暮らすというなら、今日の午後十二時に、わたしの自宅まで、娘のモノを受けとりにきてはいただけませんか。娘の愛用のマグカップだとか、抱いて眠るヌイグルミだとか、着慣れた衣類やパジャマや歯ブラシや、思いつくモノはぜんぶまとめておきます。ただ、わたしは明美さんしか存じ上げないので、明美さんご本人にお越しいただきたいのです。他のかたがいらしたら、娘のモノはお渡ししません。それと、わりと大きな荷物になるので、お車でお越しいただいたほうがいいかもしれません。ザッとつめこんだだけで、段ボールひとつぶんにはなってしまったので。それでは、よろしくお願いいたします」

メッセージを吹きこんで、紀子は苦笑した。こんなことさえも、以前の自分にはうまくできなかったのに、やってみたら簡単だった。あれは浩二と暮らしていたときだ。惣菜屋のパートの小谷に娘を押しつけられ、紀子はにっちもさっちもいかなくなって、詩織に助けを求めたのだっけ。あの娘はいま頃どうしているのか。

懐古的な気分をふり払い、紀子はいきおいよく自転車にまたがった。ブレーキもかけずに坂道を滑り降りる。安物ではあったが新品の車輪が高速回転し、ガガガガガと、アスファルト上を走っていく。紀子の大きな尻はボコン、ボコン、ガコンと、小さな凹凸にも飛び跳ねる。黒い高級車の後方に追いついて、紀子は運転席をうかがった。やはり明美だ。薫子はレッスン前のはずだから同乗していない。これも計算済みだった。相変わらず小雨が降っていたので、明美の位置からは、紀子の姿はみとめにくいだろう。このゆるくうねった下り坂が終われば、繁華街にでる。通行人が多いので、ここはまだ追跡にとどめる。一方通行の繁華街を数十メートル追跡すると、お待ちかねのメインスポットだ。対面道路は、ハナミズキの並木道になっていて、行き交う車も通行人も少ない。ガードレールがあるのも、通行人を巻きこまずに済むので、こちらとしては都合がいい。しかし紀子は奥歯を噛んでギッと辛抱した。みぞれ混じりの冷たい雨粒が、自分の身に触れると、ジュワッと蒸気に変わるのを、ペダルを漕ぐ紀子はかんじる。

いまだ。紀子は勝負にでた。全速力で漕ぎまくり、明美と数秒並走したが、いいや、もっと、もっとだと漕ぎに漕いで、妙にノロノロと走る黒塗りのベンツを追い抜いた。

六メートルほど追い抜いてから、紀子はUターンした。

車輪が火花を散らすほど、ちからの限りペダルを漕いで、明美の車に突進する。

正面突破とはまさにこのこと。

これで生命保険が全額下りてくれればいいし、ケガで終わってもアヤをつければいい。わたしの財布には、詩織の連絡先のメモしかない。携帯電話の履歴も、詩織が最後。さらには左腕にも、詩織の電話番号が、油性マジックペンで書いてある。準備はととのった。なんといっても、こちらは被害者なのだから。自分がむかし、赤ちゃんだった薫子とともに、コンビニの駐車場で思い知らされたことを、臆すことなくそっくり真似してやればいい。それに正面からダイブすることで、紀子は明美に知らしめたかったのだ。自分という女の存在を。母親失格。虐待する母。詩織や明美から、そんな烙印を押されてしまったように、わたしはたしかに、いい母親ではなかったかもしれない。生活に追いまくられ、娘の気持ちは二の次で、たいしてやさしくもなかったし、自分の母親がやったように叩いたこともなくはなかった。でも紀子はいい母親になりたかった。そのために自分の命を三百万円で投げ打つことなど、実にたやすい。紀子にとって最初で最後の正攻法、すなわち正面衝突という花道だった。

わたしをみろ。これが、わたしだ。母親という生き物だ。

異常なまでの爽快感に見舞われながら、紀子は突撃し、そして直視した。黒光りするボンネットと、左右に動くワイパーの向こう側、雨粒に濡れたフロントガラスの奥にみえる、恐怖にあえぐあの傲岸《ごうがん》な明美の顔を。

キキキーッ。耳をつんざくすさまじい高音と、タイヤの焦げる匂い。

ガシャン。瞬時に、紀子の世界は黒く落ちた。

旅立ち——薫子と詩織

「私はお母さんの親友なの」

救急病院の待合室で、太田薫子は、佐々木詩織に挨拶された。薫子は祖父母にも会ったことがない。はじめて会う母親の知り合いだった。

初対面にもかかわらず、詩織さんは、薫子にとても親切だった。待合室のベンチに座って、ずっとぼんやりしていた薫子に「恐かったでしょう。もう大丈夫よ」と声をかけてくれたり、薫子の隣に腰掛けて心臓の裏側を撫でてくれたり、ホットのコーンスープを買ってきてくれたり。聞けば、看護師学校に通っているという。

「授業中だったから着信に気づかなくて。ひとりにしちゃって、ごめんなさい」

詩織さんは悲痛そうな表情で、薫子に向かって頭を下げた。

薫子は小さく首をふった。表向きの如才なさはなりを潜め、不器用で臆病でさみしがりな、ほんとうの性格が顔をだす。誰ともうまく話せそうになかった。

今日の昼間、演技のレッスン中に『明美さんがお母さんを車で轢《ひ》いた』という報せがあったとき、薫子はカタカタと全身を小刻みに震わせた。自転車に乗っていたお母さんと、車を運転していた明美さんとの、接触事故だった。ただ、明美さんは少し前からお母さんの姿をみとめていたらしく、スピードを落としていたそうだ。そのおかげで、お母さんは軽症——入院一ヶ月、全治三ヶ月の、足首の複雑骨折と全身打撲と額の擦過傷《さつかしよう》、明美さんは軽度のムチウチで済んだ。お母さんは手術が必要だが、入院費も治療費も保険でまかなえるということも、事務所スタッフの大泉さんから伝え聞いた。

ここに薫子を送ってくれた大泉さんは、諸事情を説明し、手続きを終えて、一時間後には仕事に戻っていった。明美さんはムチウチの治療をし、他の検査も受けてから、警察官とともに事故証明や事後処理などで忙しくしていた。お母さんに意識はあったが、会話ができる状態ではなく、薫子は会わせて貰えなかった。お母さんに会えたのは、手術後だった。集中治療室のガラス越しに、管をたくさん通されてベッドに横たわる母親の姿を目にしたとき、薫子は大泣きした。あたしはまだ十二歳で、お母さんはたったひとりの身内なのに、交通事故に遭うなんてヒドイ。自分はいままで「なんでも自力でやれている」と思いこんでいたが、それはまったくの驕《おご》りだった。なにより、お母さんが死ぬなんて絶対にイヤだ。怒りと反省と愛情が掻き混ぜられ、激しく、複雑な気持ちだった。

涙がおさまると、薫子は疑問を抱いた。

どうして、お母さんはあんな場所で自転車に乗っていたんだろう。

どうして、よりにもよって『お母さんと明美さん』が事故に遭ったんだろう。

事故後、明美さんは薫子に冷たくなっていた。口も利いてくれず、自分をみてもくれない。もしかしたら事故のせいで嫌われたのかもしれない。自分は今夜も事務所の寮に泊まれるのか。明美さんに「寮を出ていけ」と言われたら、S県T市のあのアパートにひとりきりで帰るしかない。いずれにせよ、薫子に決定権はない。明美さんの指示を待つしか選択肢はなく、ベンチに座って途方に暮れていた。そんなときだったのだ。詩織さんがあらわれたのは。

「もうじき食堂が閉まっちゃうわね」

午後五時半。壁時計をみやった詩織さんにうながされ、薫子はようやく腰をあげた。

一階の食堂へいき、詩織さんは、半分灯りが落とされたショーケースをみていた。レッスン着のままだった薫子は、ピンク色のスウェットのポケットから財布をとりだした。たしかあと千円しかない。自宅に帰れと言われたときの電車賃が心配だった。

「子どもはそんなこと気にしなくていいの。私が誘ったんだから奢ってあげるわ。あなたはなにが好きなの？　好きなものを食べて」詩織さんはほほ笑んだ。

薫子はハンバーグ定食の、詩織さんはアサリのスパゲティの食券を買って、薄暗い堂内の、カウンター側にある席に座った。ごちそうして貰うのだからと、薫子はコップに注いだ冷水をとりにいく。詩織さんはそんな薫子をみつめていた。

「お母さんが入院しちゃうと、今夜はひとりになっちゃうの？」詩織さんが訊いた。

「……はい」薫子は答えた。「でも、ほんとうは昨日まで寮にいて。そこに帰れたらいいんですけど、もし『出ていけ』って言われたら、やっぱり家に帰るしかないのかなって」

「学生寮だったら『出ていけ』なんて言わないんじゃない？」

「……だけど、その寮は『お母さんを車で轢いたひとのモノ』なんです」

「……『轢いたひとのモノ』って……そのひとは何者？」

「堀明美さんっていう女のひとです。寮っていうのは芸能事務所のモノなんです。明美さんは事務所の社長さんで、あたしは去年スカウトされて。四月にデビューも決まったし、三月はレッスンしなきゃいけないのに、お母さんはわかってくれなくて……それで……あたし、家出しちゃったんです。そうしたら、こんなことになっちゃって……」

「堀明美ねえ……。その堀明美はどこにいるの？」

「さあ。あたしも待ってるんですけど……」

「いいわ。そのひとと私が話してあげる。携帯電話の番号わかる？」

あらたに渡されていた明美さんの名刺を、薫子は財布からとりだした。明美さんの電話番号を伝えると、食堂のおばあさんが引換券の番号を読みあげた。カウンターへいき、それぞれ自分の盆を運んで、ふたたび座った。詩織さんが「大丈夫。堀明美には、絶対、食後に電話してあげるから」と約束してくれたので、薫子は安心して食事にとりかかった。ハンバーグやごはんや味噌汁を、わけもなく急かされるような気分で頰張りながら、薫子は詩織さんを観察した。

詩織さんはお母さんの親友だというが、なんというか、お母さんとは正反対だ。趣味とか性格とか雰囲気だとかが、あまりに違う。詩織さんは悪いひとではないけれど、自分のことを話さないので、よくわからない人物だった。みたところ親切で美人でクールで。なぜだか一緒にいてくれると心強い。誠実な印象があるからか、自分が知りたいことには答えてくれそうな、なんでも訊いてみたくなるような、おおらかさをかんじていた。ハンバーグの最後のかたまりを食べ終えると、それでつい薫子はひとりごちたのだ。

「どうして、お母さんは、あんな場所で自転車に乗っていたのかな」と。

詩織さんは「ああ、なんだ、そんなことか」といったふうに、あっさり答えた。

「そうね。自転車は新品だったっていうし、寮暮らしも不便だろうから、あなたにプレゼントするつもりだったんじゃない?」

「じゃあ、どうして、よりにもよって『お母さんと明美さん』が事故に遭ったの」

「うん。ほんとう、よりにもよってね。だけど、むかしから、あなたのお母さんってそういうひとよ。オッチョコチョイっていうか、不注意なタイプっていうか。知り合いの車をみつけたら嬉しくなって、お母さんのほうから近づいたら、うっかり操作を誤った。と、まあ、そんなところでしょう。だって、ほら、お母さんはちょっとおバカさんだから」

詩織さんのセリフの「ちょっとおバカさん」という親密さに、薫子は吹きだした。

いつか詩織さんになら、お父さんのことを訊けるかもしれない。お母さんの親友なのだから、きっとなにか知っているはずだ。薫子はお父さんに会ってみたかった。お母さんはでも教えてくれない。自分がテレビや映画にでられるようになれば、お父さんが連絡してきてくれるかもしれない。だから「女優になろう」と決めたのだが、それはまだ当分さきの話だった。

ふしぎなことに、詩織さんが電話をすると、明美さんは待合室に飛んできた。ふだんはキリッとしている黒いスーツが、だいぶよれていて、首にはギプスが巻いてある。明美さんは薫子を無視して、詩織さんにニカッとした笑みをみせた。

「ほんとだ、びっくり、ほんとにいた。詩織、こんなところでなにしてるの?」

「明美こそ、よそさまから預かった子どもを放っといて、なにやってるのよ?」詩織さんは一喝し、薫子には肩をすくめてみせる。「堀明美とは大学の同級生だったの」

薫子は呆気にとられて、詩織さんと明美さんを見比べた。お母さんは大学にいっておらず、このふたりのように立派な大人の女でもない。チクッと胸が痛んだのは、自分たち母娘のコンプレックスからか。所在なく佇む薫子を尻目に、明美さんは詩織さんに話しかけた。

「ちょっと詩織、だって聞いてよ? この娘の母親に今日アタシ事故らされちゃって、ほんっと大変だったんだから。みてコレ。ムチウチ。ありえないでしょ?」

「ほんと、ありえないくらいおしゃれなネックレス」詩織さんがギプスを一瞥すると、

「……ネックレスって、よくみてよ。コレ、ギプスでしょ。詩織なんかキャラ変わったんじゃない?」明美さんはあからさまにムッとした。「でもオモシロイよねえ。この娘をはじめてみたときに、実はアタシ『この娘と詩織が似ている』って思って、だから売れそうな予感があったんだけど、こうして並ぶと似てないねえ。詩織はいいとこのお嬢さんだったけど、この娘はたんなる田舎モンだもんね。教養もないし、躾もなってないし、貧相なところがあるし。まあ、詩織とじ

ゃ比べるのも酷だったか」

薫子は恐縮したふりをして、小さく首をふってみせたが、内心では、あたしと詩織さんはぜんぜん似ていないと思っていた。詩織さんが花なら、自分は草だ。クローバーとかミントとかナズナとか。そういう草が薫子は好きだった。詩織さんはフンと鼻で笑った。薫子を見下しているのか、明美さんをバカにしているのか、判然としなかったが、その笑い方が、少しだけ硬く引きつってみえた。それにしても、明美さんは恐ろしくマイペースだ。次から次へと話題を変えていくので、こちらから話を切りだすタイミングが難しい。詩織さんは「私が話してあげる」と言ってくれたが、明美さんにはやはり太刀打《たちう》ちできる気がしない。しかし詩織さんはどういうわけか明美さんのペースに呑まれなかった。

「私はこの娘の母親の代理人なの」詩織さんは言った。

「へえ。あの狂った母親の？」明美さんはのけぞった。

「ところで、この娘の家はどこ？」

「S県T市のド田舎よ。畑と山だらけの、とても人間が住める場所じゃないわ」

「で、この娘が言ってた『芸能事務所の寮』っていうのは？」

「あー。それね。ウチ、ウチ。アタシ独立したのよね。おかげさまで、いまはアタシが社長なのよ。この娘はウチでスカウトしたんだけど、スジは悪くないのに自宅はド田舎だし、家は貧乏だし、親は反対してるしで、いろいろ厄介だからウチから通わせようかなって」

「S県T市なんて都心まで電車で一時間だよ。通えない距離じゃない」

「まあ、そうなんだけど」

「寮ってことは、この娘の学校は、どうするわけ？」

「デビュー作のテレビ視聴率と、ネットでの人気の出方しだいかしら」

「というと？」

「人気がでれば仕事が忙しくなるから学校にはいけないし、不評なら仕事がないから学校にはいけますよ。この業界の常識。文句ないと思うけど？」

「文句？　そんなもの大アリでしょう。明美ってむかしからそうだけど、他人の人生をなんだと思ってるわけ？　視聴率がどうだろうが、人気がでようがでまいが、この娘は学業最優先にして。地元の中学校への通学を第一義とするために、卒業までは仕事には自宅から通わせます。ただし例外的に、この娘の母親が退院するまで、この娘はその寮で面倒みてあげなさいよ。どうせ春休み中なんだし、そのくらいして当然でしょ。なにせ『御社の金のタマゴ』のこの娘は、明美が起こした接触事故の『被害者の娘』でもあるんだから」

と、薫子のために詩織さんは言いきってくれたのだ。

迫力満点の詩織さんに、薫子は思わず、見惚れてしまった。真横にいるのにもかかわらず、自分の身体をすっかり向けて。明美さんは面食らったのか珍しく黙っていた。詩織さんはくるりと目をまわして、さらに続けた。

「そういえば、みずえの結婚式のときに、さんざん自慢してた『明美の気前のいい叔父さま』は、いまもお元気？　明美も独立したんだから、もう『叔父さまのお小遣いのお手伝い』はしなくてよくなったのかしら。私の舅《しゅうと》は国税局に勤めていたんだけど、今度、こちらから調査にうかがわせましょうか」

明美さんに向かって、詩織さんは目をまん丸く見開き、片眉をついともちあげる。そのセリフを聞いた明美さんは、苦虫を潰したような表情になった。

「あー。まいったな。これって、交換条件なわけね。わかりました、わかりました。それでは本題に戻りましょ。アタシはまだ仕事があるから、カホルは自分で寮に帰って、明日もちゃんとレッスンしてよ。お母さんのお見舞いはレッスン後。そうだ、明日はプロフィール写真の撮影だったわよね。寝不足は肌荒れのモトなんだから、早く帰って、よく寝なさい。大泉には電話しておくから。オートロックの開け方、わかるよね?」

「はい。ありがとうございます!」薫子は笑顔をこしらえた。

「あー。カホルの無邪気に『敵に塩を送る』このかんじ。やっぱ売れるかもね」

そう言って、明美さんはやっと薫子にニカッとした笑顔をみせてくれた。

母親を轢《ひ》かれ、冷たくされた挙げ句、田舎モンだとか、教養がないとか、ほかにも悪口を言われたが、シビアな小学校生活を経て楽天性を身につけていた薫子は、明美さんにたいするドス黒い気持ちを、早くも忘れはじめていた。詩織さんは学生みたいな笑顔になって、仲良し同士がよくやる仕草で、明美さんに肘鉄を食らわせた。

「女の子のひとり歩きには、だいぶ遅い時間だから」と、詩織さんは寮まで送ってくれるという。

ふたりで一緒に地下鉄に乗って、最寄り駅に着いたときだ。

薫子はふいに下腹に鈍い痛みをかんじた。

詩織さんに言って、駅のトイレに行き、個室に入った。スウェットを降ろし、急いで便座に腰掛けると、小花柄のパンツには、薄赤い血のシミができていた。初潮だった。保健体育の時間に処置の方法は習っていたが、そのモノがないのでは、どうしていいのかわからない。知り合ったばかりの詩織さんに助けを求めるのは恥ずかしく、薫子は泣きたくなった。いま、ここに、お母さんがいてくれたらいいのに。血がでることとは知っていたが、絆創膏を貼る類の出血とはぜんぜん違う。トイレットペーパーを切りとって、おそるおそる拭いてみる。白い紙に鮮血がつく。もう一度やってみたが、血はいっそう赤味を濃くし、薄い紙が溶けて指にもついた。拭いても拭いても血は止まらない。薫子は怯えた。血の濃さに。とめどなく自分の内部が流れでていくことにも。涙がぽたり、ぽたりと裸の太ももに落ちて、肌にぬるい温度をかんじた。トントンと個室のドアをノックし、救いの手を差しのべてくれたのは、またしても詩織さんだった。

「どうした?」詩織さんは訊いた。

「……はい」薫子は洟を啜って、なんとか答えた。

「お腹が痛いんだよね。下痢しちゃった?」

「下痢じゃないんですけど……どうしていいかわからなくて……」

間があって、詩織さんは「ひょっとして、それって……アレかな?」と訊ねた。

「たぶんそうだと思います」薫子は答えた。

「えっ、ほんとう？　はじめてだった？」すっとんきょうな声を詩織さんがだすので、

「あ、はい」それがおかしくて薫子はリラックスしてきた。

「あらあ、そりゃ大変だ。おめでとう、おめでとう。ちょっと待ってね。待てるかな。いや、待っていて。私コンビニまでいかなくちゃ。お尻は寒いからしまいなさい。トイレットペーパーを分厚くして、下着と股のあいだに当てておけば、汚さないで済むからね。わあ、コンビニはどこだ。売店のほうが早いかな。いや、だめだ。コンビニだ」

うわずった声で指示をだし、詩織さんが走っていく音がした。

クールな詩織さんが慌てふためいているのが、なんだか可愛らしい。薫子は教わった通りにして、便座のフタに座り、詩織さんを待った。十分ほど経った頃か、詩織さんが戻ってきた音がした。ハアハアと息を切らして、カサコソと紙やビニールの音がする。ドアの上から渡してくれたコンビニの袋には、ナプキンを着けた生理用ショーツが入っていた。薫子はそれに履き替えて、ドアの外にでた。詩織さんにぺこりと頭を下げてから、水道で手を洗った。液体石鹸でゴシゴシと指を洗うと、少し気分がよくなってくる。手をタオルで拭いているときに、鏡越しに詩織さんがみえた。なにがあったのだろう。泣いていたのか、瞼をちょっと赤くし、目が潤んでいる。薫子がふり向くと、詩織さんはそっけない態度で歩きだした。

マンションのエントランスに着くと、詩織さんは建物をみあげて「明美はいくら稼いでるんだかね。でも、まあ、悪くはないわ」と呆れたように言った。雨は止んでいて、夜空には灰色の雲

がかかり、月のかたちが透けてみえた。

ゆっくり流れる雲の合間に目を凝らし、薫子はスピカを探した。双子星のスピカは、お母さんの好きな星座だ。お母さんが言うには「双子みたいに並ぶあの連星の、片方はお母さんを護ってくれていて、もう片方は薫子を護ってくれている。星は二個あるようにみえるけれど、実は巨大なのが一個あるきりで、ようするに守護神『神さま』とおなじ存在なのだ」そうで、たぶん半分はほんとうのこと、残り半分はお母さんの妄想だと、薫子は思っていた。お母さんは思いこみが激しいだけじゃなく、話し下手でもある。隠しごとも多すぎるし、なにを話しても言い訳じみていて、エピソードはぼやけている。しかしスピカの話には、真実味をかんじられる部分があった。それは「薫子が生まれた夜、お母さんはひとりぼっちで、この連星にお祈りを捧げた」というところだ。十月の夜空に、みつけられるはずもない星座を探し続け、一晩じゅう、お母さんは祈った。どうかこの子を護ってくださいと。だから不安なときや困ったときは、双子星にお願いすれば、きっと叶えてくれるはず。あそこで輝く美しい星は、この世の誰よりも、薫子のことを愛しているのだからと、お母さんはいつも力説する。そんなスピカに「入院しているお母さんを護ってください」と薫子は祈りたかった。けれど、とても無理そうだ。ひどく曇っている。

今日はありがとうございましたと、薫子がお礼を言おうとすると、声の代わりにしゃっくりがでた。いまだに冬場はそうなる癖がある。病院も電車も暖房が効きすぎていたのに、おもてはまだ寒くて、歩けばまた汗ばんでと、子どもの身には温度差がありすぎたのだ。

一度こうなると、ヒック、ヒック、と止まらない。薫子をみると、詩織さんは黙りこんだ。突然「わっ！」と声をだす。驚かそうとしてくれたのだろうが、夜で大声がだしきれず、薫子は「ムリです」とジェスチャーし、ブンブンと首をふった。詩織さんはなにか考えている表情でうつむいた。薫子は身構えたが、詩織さんがぱっと顔をあげた。詩織さんの眉間にはぎゅっとシワがより、あろうことか白目を剝いていて、唇はタコのように突きだされていた。これも驚かせようとしてくれたのだろうが、薫子には『美人の詩織さんの変顔』がおかしすぎて、笑ってしまうのでダメだった。すると詩織さんはいきなり自分の胸元に薫子をガバッと抱きこんだ。薫子は幼子にかえったかのように、詩織さんの腕にすっぽりとおさまり、頭を胸に埋めさせられた。詩織さんの胸元は、お母さんのそれよりも薄くひんやりしていて、レモンみたいな香りと病院の匂いが混じっていた。薫子の頭頂部に「しーっ。ほら早く。いま、息を止めて」とやわらかな声が降ってくる。それが妙にくすぐったく、また薫子は笑いの発作に襲われてもいて、しゃっくりも笑いも止まらない。頭のそばで胸元がクッ、クッ、クッと隆起するので、詩織さんも笑っていることが、薫子にも伝わった。こうして笑っていると明日への不安もしずまっていく。しゃっくりのせいにすれば、この時間を引きのばせる。薫子はずっとそうしていたかった。十秒、二十秒、三十秒。数えたけれど、さすがに息苦しくなって顔をあげた。包みこんでいた腕がほどかれ、薫子はフウッと息を吐いた。さらりとした夜風が心地いい。

「すみません。やっぱムリです」しゃっくりを堪えて薫子が言うと、

「まあ、いっか。あったまったし」詩織さんはにっこりしてくれた。

うらやましいなと薫子は思った。自分にもこんな親友がいたらいいのに、と。

お母さんの性格は能天気だけど、詩織さんは楽観的だ。お母さんはタフで必死で愛情深く、詩織さんは情熱家で懸命で論理的。お母さんは「なんでもいいふうに考えるひと」で、詩織さんは「なんでもいいほうに考えるひと」だった。そう考えてみると、お母さんと詩織さんは共通点などないようにみえて、中身はそっくりなのかもしれない。

でも、すごく謎な点もある。少なくとも、あたしの知っているお母さんは、詩織さんみたいな女のひとを嫌っている。こういうタイプがテレビでしゃべっていると「ああ、やだ、やだ。いいひとぶって。たぶん、とんだ嘘吐きだよ、この手の女は」とグチグチ言うお母さんの姿が思い出された。詩織さんもおなじ。お母さんみたいなひとは、この世でいちばん嫌いなんじゃないだろうか。この世でいちばん嫌いだからこそ惹かれあう女たち。

嫌いは好きで、好きは嫌い。

女同士の友情には、表裏一体の感情があることも、薫子はすでに知っていた。

薫子はお母さんを世界でいちばん好きだったが、自分のことをわかってくれるのは、詩織さんのほうだという気がしていた。なにしろ詩織さんはお母さんの親友なのだ。親友というのは、いちばんの理解者なのだろうし、明美さんの言う通り、あたしと詩織さんは、だからなにかが似ているのかもしれない。

詩織さんとはへんに離れがたかったが、そろそろ別れの時間が迫っていた。詩織さんは街灯の下にいき、バッグからノート大の分厚い茶封筒をとりだした。茶封筒を薫子の胸に抱かせて、真剣な眼差しで薫子の顔を覗きこむ。

「いつでもいいから、これをお母さんに渡して。渡してあげればわかるから」

コンビニの袋もだして、薫子に中身をみせる。生理用品のついでに買ってくれたのか、お赤飯のおにぎりだった。「こっちはお祝い。ちゃんと炊《た》いてあげたかったけど」

「あなたには夢があるんでしょう?」詩織さんが訊いた。

はい、と、詩織さんには本心を言いたかったが、薫子は答えられなかった。お母さんが反対しているし、事故に遭ったのでワガママは言いにくい。お母さんを傷つけるのも恐かった。詩織さんはまっすぐ薫子をみつめた。怒らせたのでも、嫌われたのでもないと、そこまでは薫子にもわかったが、息をするのが痛くかんじるほど、そこにある空気は張りつめていた。

「私、思うんだけど。紀子には、わかって貰えなくてもいいじゃない。これは、お母さんの人生じゃない。あなたの人生なんだもの」詩織さんは言った。

詩織さんの声はあかるく澄んでいて、でも、かなしいくらいしずかだった。それから薫子の頭を撫でた。薄っぺたい掌で『いい子、いい子』をしたあとに、かすかにほほ笑む。

なぜだろう。詩織さんともう二度と会えないような気持ちになって、薫子はせつなかった。詩織さんは「寒いから早く中に入りなさい」と薫子に背を向けた。いわれない名残惜しさで胸がふさがり、薫子は詩織さんから目が離せなくなる。詩織さんのダウンジャケットは、青い夜の闇に浮かびあがり、白く灯った徴《しるし》のようにみえる。ゆるやかにうねった雨上がりの坂。光を反射している水たまり。タック、タック、タック、と、遠いむかしに耳にしたことがあるような、自分の本能を呼び覚ますような、詩織さんの足音が、規則正しいリズムを刻んで遠ざかる。あたたかな風がおでこに触れて、まつげにとまる。目の縁がすうっとする。からだじゅうがしんとして、つぼみをつけた枝がざわめく。花の香りが鼻先をかすめていった。

あっ。春だ。いま、春がきた。

薫子がかんじたその瞬間、詩織さんはふり返り「さようなら」と大きく手をふった。

本書は書き下ろしです

唯野未歩子（ただの・みあこ）

1973年東京生まれ。女優、映画監督、脚本家、作家。多摩美術大学在学中の98年、斎藤久志監督の映画「フレンチドレッシング」で女優デビュー（毎日映画コンクール・スポニチグランプリ新人賞を受賞）。その後、「大いなる幻影」（監督：黒沢清）、「金髪の草原」（監督：犬童一心）、「ざわざわ下北沢」（監督：市川準）、「さゞなみ」（監督：長尾直樹）、「『また、必ず会おう』と誰もが言った。」（監督：古厩智之）などに出演。その他の出演映画に「いたいふたり」「パルコフィクション」「ナイン・ソウルズ」「透光の樹」「血と骨」「犬と歩けば　チロリとタムラ」「それでもボクはやってない」などがある。2006年「三年身籠る」で長篇映画監督・脚本家デビュー（高崎映画祭・若手監督グランプリ受賞）。映画の進行と同時に、同名の長篇小説を書き下ろし、小説家デビューも果たす。
小説作品に『三年身籠る』（マガジンハウス／文春文庫）、『正直な娘』（マガジンハウス／小学館文庫）、『走る家』（講談社）、『僕らが旅にでる理由』（文藝春秋）、『きみと澄むこと』（新潮社）、『ほんとうに誰もセックスしなかった夜』（小学館文庫）、『はじめてだらけの夏休み』（祥伝社文庫）、『青きを踏む、花曇り、その他の短篇』（幻冬舎）があり、アンソロジー小説集『彼の女たち』（講談社文庫）、『女ともだち』（小学館文庫）、『100万分の1回のねこ』（講談社）にも参加している。

装丁：藤田知子
装画：網中いづる

編集：刈谷政則

彼女《かのじょ》たちがやったこと

二〇一八年一一月二五日　初版第一刷発行

著者――唯野未歩子

発行者――喜入冬子

発行所――株式会社筑摩書房
東京都台東区蔵前二－五－三　〒一一一－八七五五
電話番号〇三－五六八七－二六〇一（代表）

印刷所――中央精版印刷株式会社

製本所――中央精版印刷株式会社

ISBN978-4-480-80483-9 C0093